KB122042

익숙한
길의

왼쪽

익숙한
길의
왼쪽

황선미
산문집

ᄲ창비
Media Changbi

내가 나일 수 있는 것들

언젠가 방송에서 참 슬픈 장면을 보았다.

동네 골칫거리가 된 사람 이야기다. 욕 잘하고, 시비 걸고, 위협 행위도 서슴지 않는 사람. 방송은 그가 얼마나 동네 사람들의 스트레스인지 확인하고, 제보한 이웃 주민들을 모자이크 처리해 인터뷰하고, 당사자의 속사정을 듣고, 반복적인 행동을 파악한 전문가의 진단까지 정리해 보여주었다.

"자궁 같은 방이네요."

기본적인 생활을 겨우 유지할 수 있는 방을 보고 전문

가가 그런 표현을 한 게 흥미로웠다. 벽에 붙인 침대와 책상, 컴퓨터, 몇권뿐인 책꽂이, 망사 천이 드리워진 창, 화분 하나, 단출한 개수대와 조리 기구, 옷걸이 따위가 빼곡하게 찬 방이었다. 방의 상당 부분을 차지하고 있는 피아노는 다소 뜻밖이었다.

공간이 어찌나 협소한지 그는 겨우 돌아서거나 손만 뻗어서 일상을 해결했다. 전문가가 왜 그렇게 말했는지 순간 알 것도 같았다.

언뜻 보면 안정감이 느껴졌다. 소꿉놀이할 때와 비슷한 느낌이랄까. 최소한의 조건으로 완벽한 세상을 누리는 듯한 착각 말이다.

그는 거기서 글을 쓰고, 작곡하고, 연주도 했다. 끼니를 해결하고, 인터넷으로 세상을 기웃거리고, 전화로 누군가에게 말을 걸었다. 얼핏 예술적이거나 이지적인 사람으로 보일만한 행동이다. 인터뷰 중에 웃거나 수줍어하기도 했는데 그런 모습은 문제적 행위자라고 믿기 어려운 면이기도 했다. 그러나 돌발 행위가 튀어나온다. 창밖이 시끄럽다고, 누군가 자신을 음해한다고, 구청에 민원을 넣어도 경찰에 신고해도 소용이 없으니 시민을 우롱하는 처사가 아니냐고 화를 낸다.

그는 음악으로 볼 수 없는 곡을 쓰고, 이웃을 고발하는 기록을 하고, 들어주기 어려운 노래에 초보적인 연주를 했다. 그게 방해를 받거나 잘 되지 않으면 창문을 열어젖히고 욕을 하고 분노를 표출할 대상을 찾아 나섰다.

이쯤 되면 전문가가 아니라도 이 행동의 원인이 궁금해진다. 짐작대로 그는 상처투성이 어린 시절을 고스란히 안고 있었다. 아무하고도 소통을 못했고, 위로받지 못했고, 어떻게 타인과 대화해야 하는지 알지 못했다. 그래서 자신만의 자궁 안에 웅크릴 수밖에 없었던 거다.

비약이기는 한데, 나는 그에게서 나를 본 듯했다.

방에서 나오지 않아도 생활과 창작이 다 이루어지는 내 공간이 나에게는 만족스럽고 안전한 세상이다. 그러다 어느 날, 혼자인 나를 깨달았고 무서워졌다. 나를 이렇게 방치하면 안 될 것 같았다. 마주 앉아 대화할 수 있는 대상을 찾아야만 했다.

나와 같은 사람들이 의외로 많았다. 나는 내가 찾은 대상들과 이야기를 나누고 같은 주제의 글을 쓰기 시작했다. 이 글들은 익숙한 안정감을 깨고 불편하기로 작정한 노릇의 결과인 셈이다. 누구라도 잡아달라고 손을 내밀었는데 헛손질이 아니어서 얼마나 다행인지!

나는 내 속에 어떤 응어리가 있는지, 내 그물에 걸린 게 무엇인지 조금씩 알아가는 중이다. 내가 나일 수 있는 것들을 들여다보는 시간. 이 시간을 함께 해주는 사람들이 있어서 좋다. 참 고맙다.

2019년 새봄
황 씀

차례

1부

오래된
통증

새끼손가락

여동생은 내 왼쪽 새끼손가락 만져보기를 좋아했다.

손가락 첫 마디는 피부로만 감싸인 듯 힘이 없고 둘째 마디는 부러진 뼈가 뭉쳐서 뭉툭해진 게 여동생 눈에는 신기해 보였던 거다.

"이 손가락은 점점 배가 불러서 나중에 쪼그만 손가락이 또 태어날 거야."

"응. 그럴 거야."

여동생 말에 나는 그렇게 대답하곤 했다.

소꿉놀이 같았던 그 말이 묘한 슬픔을 껴안은 말장난이

었다는 것을 나는 안다. 동생이 뭘 알고 나를 위로한 말이었다고는 생각하지 않는다. 내가 아는 건 내 새끼손가락이 기형이 됐다는 것. 언젠가 다친 결과라는 것. 그 아픔을 기억하지 못할 뿐 다칠 때는 분명히 엄청나게 고통스러웠을 거라는 사실.

어느 순간부터 자라기를 멈추어 유난히 짧지만 그러나 고맙게도 앙증맞으나마 손톱이 멀쩡하고 색깔도 이상없다.

사람은 선택적으로 기억을 지우기도 한다. 너무나 고통스러운 기억을 해마에서 지우는 건 아마도 본능적인 자기보호일지도 모른다. 그런 일이 나에게도 일어났다면 나의 새끼손가락은 생각보다 슬픈 기억을 갖고 있는 게 분명하다. 그걸 입증하는 사람이 바로 엄마였다.

엄마는 큰딸의 새끼손가락이 이 모양으로 구부러진 걸 나중에야 알았다. 아마 내가 사춘기 때였을 것이다. 손가락이 왜 이러냐고 묻기에 나는 별스럽지 않게 말했다.

"그네 타다 떨어져서 다쳤어."

엄마는 한동안 말이 없었다. 그러다 중얼거리듯 말했다. 딸의 새끼손가락을 세게 쥐었다 놓으며.

"그게 아냐. 미련하게 도망치지 않고 맞다가 이렇게 됐지. 매를 들면 튀어야지, 손으로 막으니 이 모양 됐잖아. 에미를 이겨먹으려 든 년……."

엄마의 손아귀에서 놓여난 새끼손가락이 하얗게 질렸다가 발그스름하게 핏기가 돌아오는 걸 보며 나는 엄마를 외면했다. 엄마도 그랬다. 그때 엄마한테 나는 어떤 존재였을까. 짐작건대, 나는 해마의 기억을 왜곡시키면서라도 엄마의 딸로 살아야 했던 것 같은데.

우리가 화해하지 못한 한가지를 이렇게 또 확인하고야 만다.

옴망눈

나는 늘 '눈이 깊군요' 소리를 듣고 싶어했던 것 같다.

바람 스산한 어느날 아침에는 거울 속 내가 그렇게 보이기도 했다. 그러다 흠칫 놀라기도 했다. 내가 나를 슬프게 들여다보는 듯해서였다.

몇장 되지 않는 어릴 적 내 사진은 결코 예쁘지 않다. 어려운 시절이라 입성도 추레하고 어정쩡한 포즈도 가엾고 무엇보다 눈. 쪽 째진 그 눈이 정말 마음에 안 들었다. 훤칠한 오빠 인물을 칭찬하던 사람들이 형제들 중에 유독 나를 쳐다보며 '이 집은 아들이랑 딸이 바뀌었어' 하면 어린 나이에도 나는 내 존재가 하찮게 느껴졌다. 거울 앞에서 눈꼬리를 얼마나 잡아 내렸던가.

나를 놀리려 옴망눈이라 부른 사람은 막냇삼촌이었다. 내 유일한 별명이자 삼촌 말고는 아무도 나를 그렇게 부르지 않았지만 옴망눈이 나를 꼭 집어낸 표현이었음을 인정한다. 그 소리가 듣기 좋았을 리 없다. 욕은 아니라도 저속하거나 비하 의도가 담긴 말이라 느껴져 입에 담은 적도 없건만 그 소리는 또 하나의 기관처럼 내게 속해버렸다.

옴망눈.

삼촌은 나를 그렇게 부르며 싱긋 웃곤 했다. 생김새를 갖고 놀리는 게 분명하나 그 음성에 담긴 친근한 감성을 어렸음에도 나는 알았던 것 같다. 어렵고 엄한 아버지 대신 선한 얼굴로 나에게 키를 낮추고 말 걸어주던 사람. 나는 유년기에 중학생이던 삼촌의 소설책을 훔쳐보았고 장면 귀퉁이의 흑백 일러스트를 하염없이 들여다보며 호기심을 갖게 됐다. 내가 기억하는 책과의 첫 만남이다.

사전을 한번 찾아보았다.

옴망눈 – 옴팡눈의 다른 표현.

예문) 옴팡눈에 턱이 뾰족한 최진사의 얼굴에는 털끝만 한 인정도 눈
물도 있어 뵈지 않는다. 푸른 기운이 도는 매서운 눈이 독사를 연상케
한다.

찾아보지 말걸. 생각했던 것보다 의미가 고약하다. 사
전 의미대로라면 동정의 여지가 없는 악인의 이미지. 어
렸을 때 이걸 알았다면 원망과 좌절이 얼마나 더 컸을까.
내 식대로, 적당히 합리화하면서, 심지어 애정까지 덧붙
여 받아들인 '나의 옴망눈'은 옴팡눈이 아니었다. 짓궂은
별명일망정 야무지고 암팡지고 빈틈없다는 의미가 담겼
다고 믿었다. 오십년 넘게 그렇게 믿었다.

그 세월 동안 나의 쪽 째진 눈은 서서히 눈꼬리가 내려
가고 주름이 잡히며 부드러워졌다. 이제는 아예 처진 것
처럼 보일 정도다. 그 속의 눈이 아직 멀쩡해서 얼마나 다

행인지! 이제야 눈의 외포와 내연이 적당히 균형을 잡은 게 아닌가 싶다.

오십년간 내 식대로 받아들이고 믿고 안으로 삭여 가능해진 균형이다.

못난이 손톱

사람을 볼 때 손을 보는 건 내 습관이다. 상대의 눈을 똑바로 보는 게 어쩐지 어색하여 시선을 내리다보면 눈길이 손으로 가는 것이다. 상대의 음성이 들려주는 연상 작용과 더불어 손은 자연스럽게 내가 누구를 만나고 있는지 알게 해준다. 놀랍게도 손은 아주 정직하게 상대를 담고 있다.

나 역시 그렇다는 걸 안다.

누군가는 내 손을 보며 나를 짐작할 것이다. 인정한다.

내 손은 아주 정직하게 나를 증거하며 늙어가는 중이다. 어느새 검버섯이 생겼고 정맥이 툭툭 불거졌고 당연히 주름이 잡혔다. 그리고 손끝에서 힘의 균형을 잡아주는 손톱이 어찌 보면 억세게 혹은 아주 못생긴 모양으로 나를 닮은 채 건재하다. 그중에서도 오른손 집게손가락과 손톱. 유난히 굵고 못생긴 게 꼭 나를 닮았다.

생인손.

열두세 살 때 나는 손가락 병을 두번이나 앓았다. 처음 증상은 왼손 집게손가락에 있었다. 위생적이지 못한 환경이나 몸의 저항력이 떨어진 탓에 감염이 최악으로 발전했던 게 아닌가 싶다. 손톱 밑이 욱신거리며 열이 나던 기억이 아직도 생생하다.

그건 묘한 욕구를 불러일으켰다. 더한 충격으로 누르고 싶게 만드는 근질근질한 통증. 손톱 밑에 찬 고름은 마치 약 올리듯 노랗게 눈을 뜨고 있었다. 엄지손가락으로 꾹꾹 누르는 것만으로는 성이 차지 않아서 내가 찾아든 게 망치였다. 마치 잘근잘근 다지듯 망치로 손가락 끝을 두

드리거나 짓누르거나 하면서 나는 생인손의 통증을 혼자 감당해냈다. 통증이면서 쾌감이기도 했던 기억. 나는 손톱 밑의 고름을 어떡하든 빼내고 싶었다. 결국 집게손가락은 독이 오른 듯 부어올랐고 손톱이 검게 변했다가 허옇게 죽어가기 시작했다.

어쩌다가 밥상머리에서 아버지에게 그걸 들켰다.

"망치로 손가락을 때려? 이것아, 그런 건 어른한테 보여야지. 상처에 쇠를 대는 게 얼마나 미련한 짓인데!"

나는 화내는 아버지가 무서웠다. 손가락 걱정보다 아버지를 화나게 한 게 걱정이었다. 그런 말을 듣고도 코딱지보다 작은 손가락 고름은 내게 심각하지 않았다. 아버지는 내 손을 소독하고 무명천으로 감아주셨다. 그러나 너무 늦은 처치였다. 발열이 가라앉고 근질거리는 증상이 사라지더니 기어이 손톱이 빠진 것이다. 그리고 새 손톱이 자라기까지 꽤 시간이 걸렸다.

새로 돋아난 손톱은 예전 그 예쁜 어린애 손톱이 아니었다. 두껍게 늙은이 손톱처럼 구부러진 채 자라난 것이다. 내 잘못이 뭔지 보여주겠다는 듯, 손가락에 가해진 사연이 담긴 듯 손톱은 이미 나이를 먹어 있었다.

오른쪽 집게손가락에 같은 증상이 생겼다. 손톱 밑이 근질거리며 열이 나더니 기어이 노랗게 고름이 찬 것이다. 이번에도 나는 망치를 들었다. 아버지에게 들키지 않으려고 조심하면서 나는 근질거리는 통증을 망치로 잘근잘근 다스렸다. 어른들에게 말하기보다, 병원에 가야 한다는 생각보다 강렬하게 나는 기분 나쁘게 근질거리는 증상을 더 아프게 하는 쾌감에 빠져버린 것이다.

어차피 병들어 버린 손톱은 빠질 거고 빠지면 새로 자라날 것이다.

내 믿음처럼 상처는 독이 올라 손톱이 검붉게 변했고 손가락 전체가 퉁퉁 부었다. 그러나 믿음과 달리 손톱은 빠지지 않았다. 부기가 가라앉고 혈색이 돌아오며 상처가 나은 것이다. 그리고 아픔을 고스란히 견디고 망치에 얻어맞은 손톱은 변형된 채 자리를 잡았다. 왼쪽보다 더 못난이가 되어.

나의 오른쪽 집게손가락은 열 손가락 중 가장 굵다. 손톱은 부끄러울 만큼 못난이다. 그러나 가장 중요한 일을 한다. 작가인 나를 지탱해주는 손가락. 펜의 힘을 견디느라 세월이 갈수록 손톱 쪽으로 움푹해지고 있는 못난이. 소심하게 나를 관찰하느라 손을 본 어떤 사람이 '펜을 많이 잡는 손이네!' 하고 짐작할 수 있게 해줄 손가락. 그리고 힘을 모아주는 손톱.

작가의 시간을 새겨가는 나의 부분. 혼자일 때마다 조용히 느껴보는 손톱의 기억. 따뜻하고 살굿빛이 도는 나의 상징. 참으로 고맙다.

잔인한 등

탁란.

그 어린것의 등은 모든 것을 해냈다. 모든 걸 해내도록 유전되었으므로 그 어린것은 잘못이 없을지도 모른다. 유전자의 질긴 잔인성을 끊을 수 있는 것이란 오로지 둥지 주인의 맹철한 이성뿐이었다.

몇시간 먼저 부화해서 털도 없는 양 날개로 딱새의 알을 등에 지고 일어서는 새끼 뻐꾸기 본능. 눈도 뜨기 전에, 막 부화한 집주인의 새끼를 혼신의 힘으로 지고 일어나 둥지 밖으로 떨어뜨리는 그 잔인성은 대체 언제부터 습득된 것인가. 주인의 새끼를 지고 일어날 수 있도록 진화된 평평한 등짝. 남의 새끼를 가차 없이 유린하고 제거해야만 살아남는 유전자는 가히 도둑놈의 획득형질. 대를 잇는 악마의 부활이다. 둥지를 차지하고도 뻔뻔스레 어미 딱새를 삼켜버릴 만큼 크고 붉은 입을 벌리는 것. 유린한 둥지에서 맹렬하게 먹이를 요구하는 탐욕에도 생존의 가치가 있을까. 어떤 이유로 설명될 수 있을까.

　다 자란 뻐꾸기는 주저 없이 떠난다. 등골 빼먹은 그 작은 어미 딱새를 돌아보는 일 없이 얼룩덜룩한 등짝을 돌려버린다. 딱새의 어리석은 수고가 배반당하는 순간이다.

　오늘 우매한 대통령의 대국민 담화가 있었다. 탐욕스럽고 수상한 자들을 청와대에 숨겨두고서 국민의 혈세와 희망을 빼앗아 먹이고 입혔다는 의문에 대해서. 그러나 여전히 진실과는 거리가 먼 사과. 마치 딱새가 한심한 본능에 충실했던 것처럼 사적인 변명을 내놓고 돌아서는 대통령에게 또 한번 배신감이 들었다. 제 둥지의 가치조차 몰랐던 딱새를 이렇게 확인할 줄이야! 예순이 넘었으면 어른이다. 애도 아닌 사람이 수상쩍은 그들에 대해 정말 몰랐을까. 어린애들조차 교실 밖으로 뛰쳐나오는데 그 들끓는 분노를 보면서도 무엇이 잘못되었는지 깨닫지 못하나. 어른이 되지 못하고 늙어버린 우리의 어리석은 수장에게 동정심도 일지 않는다. 아무리 머리가 작아도, 아무리 본능이 강렬했어도 딱새는 알았어야 했다. 자기 새끼의 진실에 대해. 제 등 뒤에 숨어서 끝없이 요구하는 탐욕의 정체에 대해.

참담하고 슬프다.

우리의 눈은 어떤 등에 가려져 있나. 진실에 접근해갈수록 얼마나 더 배신을 당해야 할까. 내 둥지에서 내 새끼가 떨어져 죽는 이 현실에 뼈가 아프다. 부끄럽고 분노가 치민다. 얼룩덜룩한 뻐꾸기의 그 깃털과 부리가 찢어져라 벌려대는 그 붉은 입에 구토가 인다. 나를 어지럽히는 뻐꾸기의 모가지를 비틀어버리고 싶다.

흉터
― 왜 그랬을까

정말 왜 그랬을까.

엄마가 나를 사랑한다고 느낀 적이 없다.

징글징글하게 말 안 듣는 년. 고집 센 년. 지 애비 닮은 년. 심지어 '넌 친구도 없지?'까지.

엄마에게 나는 이런 애였다.

"넌 친구도 없지?"

이건 결혼식 전날 들은 소리였다. 단 한번이었지만 평생 가슴이 아팠다. 가슴에 총을 맞으면 소용돌이치며 관통한 총알이 등을 횅하니 다 뚫어버린다던데 이 말이 꼭 그랬다. 보이지 않아도 한겨울 들판에 벌거숭이로 서 있는 것처럼 평생 가슴이 시리고 아픈 상처였다. 그러니 꼭 이렇게 말한 십수년 지기 편집자에게 등을 돌려버리고 말았겠지.

'○○○ 문학상'을 받는 날 축사를 맡아줄 사람에 대해 이야기를 꺼내자 '선생님은 아는 사람도 없잖아?'했던 편집자. 그는 농담처럼 툭 그렇게 말했다. 그러나 거기에는 상대를 너무 쉽게 생각한 경솔함이 있었고, 어느 정도는 무시하는 뉘앙스도 있었다. 결국 오래 참고 말하지 못했던 불만까지 더해져 소원한 사이가 되고 말았는데 결론은 내가 내린 것이었다. 엄마의 말도 친구들과 사진 찍을 때 내 쪽에 나란히 서줄 친구들이 없을까봐 염려를 했던 거였다. 그러나 이 말들은 나의 가장 아픈 부분을 건드렸고 덜 자란 내면의 자아를 웅크리게 만들었다. 나를 그토록 외롭게 만든 원인이 바로 엄마였건만. 나는 게자리 표본처럼 이것에 대해 분노하지 못하고 관계를 잘라냈으며 슬픈 내면을 보호하고자 벽을 쳤다. 어리석은 짓이었다는 걸 알지만, 만약 괜찮은 척 위선을 떨었다면 지금쯤 내 속은 곪고 또 곪느라 딱지조차 앉지 못했을 거다.

엄마는 그날 왜 그랬을까.

그날 처음으로 엄마를 뜨겁게, 동물적으로 기억하게 됐다.

다래끼 때문에 여러날 고생하던 중이었다. 병원도 약도 쉽지 않았던 가난한 집이라 결국 종기가 눈을 덮어버렸는데 새벽녘 잠결에 엄마의 행위를 경험하고 말았다. 엄마의 뜨겁고 거친 혓바닥이 내 눈을 핥았던 것이다. 개가 새끼를 핥아주듯 곪고 짓무른 상처를 구석구석. 혀끝이 농으로 붙어버린 눈꺼풀을 녹이고 파고들어 욱신거리는 상처를 건드리는 바람에 나의 온 신경이 깨어나 뻣뻣하게 마비되고 소름이 돋았다.

"밤새 입속에는 독이 고여서 곪은 걸 잡을 수 있어."

엄마의 지독한 입 냄새. 뜨거운 체온. 꼭 짐승의 혓바닥처럼 거칠던 감촉. 물도 못 마셔 바삭하게 들리던 숨소리. 어둡고 긴 동굴처럼 느껴지던 목구멍의 공명. 그 모든 게 동시에 나를 뒤덮었다. 나는 두려웠고 동시에 온전하게 무방비의 새끼가 된 기분이었다.

우리는 아무 일도 없었다는 듯 아침을 맞았다. 엄마는 여전히 나에게 지독한 사람이었고 그 일에 대해서 나는 입을 연 적이 없다. 나을 때가 돼서 나았는지 다래끼의 독을 엄마 입 속의 더 지독한 독이 잡았는지 알 수 없으나 내 눈은 멀쩡하게 1.5 시력을 한동안 유지했다.

나는 엄마가 나를 사랑했다고 생각하지 않는다. 우리 관계는 잘못 꿰어진 단추처럼 어색했다. 그러나 그날만큼은 내가 엄마의 새끼였다는 걸 인정할 수밖에 없다. 그래서 엄마의 나이가 되어갈수록 이토록 가슴이 저미는 모양이다. 내 살과 뼈가 엄마의 것이라서. 혹시 하필이면 내가 엄마를 가장 아프게 한 상처라서 엄마가 평생 그 흉터를 확인하며 살게 만들었던 건 아닐까.

。

생채기 선명한 가슴에
선득선득 냉기가 느껴지던 그 시간을
어떻게 잊을까.

엿듣다

어깨의 힘줄 치료 때문에 순서를 기다리는 중이었다.

누군가의 전화벨 소리가 유난히 크게 울렸다.

병원인데 진동으로 좀 바꾸지, 생각하는 순간 전화를
건 사람의 목소리가 고스란히 대기실에 노출되었다. 전
화기를 귀에 대기도 귀찮은지 통화자가 '한뼘 통화'를 한
것이다.

전화기 너머의 목소리가 말했다.

"엄마, 어제 외삼촌 돌아가셨대."

"외삼촌 돌아가신 거 알아. 안 갈 거야."

"어쩌려고?"

"안 가. 그러니까 아빠한테도 외삼촌 얘기 하지 마."

나도 모르게 그쪽을 돌아보았다.

일흔은 돼 보이는 마른 체구의 할머니였다. 저 정도 연세면 공공장소의 예의 따위 무시할 수밖에 없을지도 모른다. 그런데 짧은 대화에서 느껴지는 사연이 참 쓸쓸하다.

딸로 짐작되는 사람이 '외삼촌'이라 했으니 돌아가셨다는 양반은 노인의 오빠이거나 남동생일 터. 그렇게 말하면서도 노인은 습관적로 묵주를 돌리고 있었다.

어색하게 눈이라도 마주칠까봐 모르는 척했으나 생각이 많아질 수밖에 없는 소리를 엿듣고 말았다. 도대체 얼마나 지독한 사연이 있기에 저 연세에 저럴까. 다른 일도 아니고 사람이 죽었다는데. 더구나 육친이다. 죽음은 그 어떤 일보다 사람을 멈칫하게 만들지 않던가. 부디 내가 겪은 뼈아픈 실수를 하지 않았으면.

살다보면 때때로 우리는 지옥을 경험하곤 한다. 지독한 이기심에 스스로 무기가 돼버릴 때도 있다. 남이라면 욕한 사발에 침이나 퉤 뱉고 돌아설 일에도 가족이라서 가슴에 가시를 끌어안고 버텨야 하는. 눈물에 발이 부르터도 그 눈물에서 발을 빼지 못하는 노릇이 허다하다.

아버지가 돌아가셨을 때는 엄마가 아직 살아 계셨고 슬픔의 대부분이 엄마의 몫처럼 여겨졌다. 나이를 먹었어도 우리는 자식이고 그건 위세대의 일로 받아들였던 것 같다. 아버지의 부재가 치유되는 데 엄마의 존재감이 큰 역할을 했다.

엄마가 돌아가셨을 때는 문제가 달랐다. 장례에 관한 모든 절차, 비용, 친인척들과 맺었던 엄마의 관계와 거래, 우리가 몰랐던 사정, 남은 재산 문제. 무엇보다 구심점이 사라진 허탈감이 고스란히 우리의 몫이 되었고 그 모든 일을 겪는 과정에서 우리는 형제끼리 헐뜯고 따지고 비난하기를 멈추지 못했다.

우리는 인생의 무게를 감당하기에는 부족한 어린애 같았고, 생각이 깊지 못했고, 배려조차 할 줄 몰랐다. 피를 나눈 형제를 상처 내고자 지독한 무기가 되는 줄도 모른

채 사악해졌고 돌아서면 가슴이 미어지듯 아픈데도 싸움을 그만두지 못했다.

가장 힘들어한 사람은 오빠였다. 오빠는 직장을 잃으면서까지 엄마 병 수발을 들었고 카드가 정지됐고 결국 가정이 파탄 날 지경에 이르렀다.

오빠는 맏이 노릇을 하면서 억울해했고, 동생인 우리들은 어차피 오빠의 직장 생활이 그때 위기였다고, 매달 병원비를 감당하는 일도 만만치 않았노라, 알게 모르게 오빠에게 용돈까지 주었노라 언성을 높였다. 급기야 오빠는 분노하며 의절을 선언하고 돌아섰다. 그리고 몇년이나 동생들을 거부했다. 우리는 당연히 부모 제사에 가지 못했다.

생채기 선명한 가슴에 선득선득 냉기가 느껴지던 그 시간을 어떻게 잊을까.

내가 동생들을 불러 모아 한자리에서 밥 먹기까지 차가운 시간이 너무 길었다. 오빠가 그 속에 끼기까지 자그마치 다섯해가 넘게 걸렸다.

아직도 막내와 오빠는 서먹하지만 우리는 잠자코 기다린다. 거부한 만큼의 시간이 치유하는 데 필요했고, 그 아팠던 시간은 함부로 굴지 말라고 아직도 경고한다. 부모 없는 세상에 부모를 확인할 수 있는 존재들. 나를 붙잡아주는 근본. 형제자매는 부모의 다른 말이다.

나에게 오빠는 아버지이고 엄마다. 그래서 쉰이 넘은 지금도 어렸을 때처럼 '오라빵'이라 부른다. 내게 오라빵이 있어서 참 다행이다. 안타깝고 아까운 나의 대장.

아파하라

구내염.

나를 괴롭히는 몇가지 중에 이게 아주 고질병이다. 몸에서 가장 취약한 데가 혀인지 피곤하면 꼭 혓바늘이 돋아 몸의 과부하를 경고한다.

혓바늘은 순하게 그냥 낫는 법이 없었다. 작은 거슬림도 기어이 상처로 번져 혓바닥이든 혀 밑이든 허옇게 파이고 만다. 먹기도 어렵고 침 삼키기도 고통. 말하기는 정말이지 고역이다. 씹는 게 어려우면 마시는 음식으로 잠시 허기를 달랠 수 있고, 침은 그나마 이물질이 아니라서 통증을 줄이며 삼키는 요령을 터득했는데 강연 많은 사람에게 입병은 거의 알고 당하는 고문에 가깝다.

피곤해도, 스트레스를 받아도, 실수로 깨물어도, 체력이 달린다 싶어도, 가장 먼저 무너지는 부분. 선인의 경고처럼 책을 읽지 않아 입 안에 가시가 돋나. 많이 읽지 못해도 창작에는 일가견이 있는데 독서와 창작은 다른 차원인가.

런던 도서전에서 한국이 주빈국이었던 2014년에는 혓바닥이 여덟군데나 파였으니 최악의 몸 상태였다. 열명의 작가 중에 대표로 초청받아 외양은 화려했으나 말하기가 고통의 연속인 시간이었다. 그만 입 다물고 싶은데 말하고 또 말해야 했던 그때 나는 통증의 원인을 심각하게 고민할 수밖에 없었다.

스테로이드제, 알보칠, 베체트병, 구내암 등등.

아플 때마다 이런 말들이 시비를 건다. 특히 남편의 걱정이 크다.

뭘 모르면 나쁜 상상은 걷잡을 수 없어져 사람을 아주

우울하게 만들어버린다. 의사에게 남편의 지나친 걱정을 전하듯 우회적으로 물으면서도 나는 심각했다. 원인을 꼭 알고 싶으면서도 별일 아니라고 말해주기를 바라는 마음.

의사의 반응은 늘 무심하다. 스테로이드제와 비타민을 처방하고 환부를 소독해준다. 의사가 그러니 안심은 해도 남편의 걱정은 사람 잡는 선무당처럼 뇌리 한쪽에 남아 있다. 이 증상에 어쩔 수 없이 쓰이는 약이 안전할까. 눈과 사타구니에 증상이 생기고 결국 뇌로 번진다는 베체트병과 정말 무관한가, 한군데에 집중적으로 염증이 생긴다는 암은 아닌 것 같은데.

혀에 경고등이 켜지는 건 아마도 이제껏 해온 습관을 멈추고 아픔에 집중하라는 신호.

침묵하고 생각에 잠기고 관찰하고 다만 모니터에 스토리를 띄워 확인하는 정도로 단순해져야 할 때. 말을 삼가야 한다. 불필요한 소리를 줄여라.

작가는 작품으로 증명되어야 하는데 요즘은 그렇지가 않다. 독서 시장이 축소되고 순수문학이 설 자리를 잃는 마당인지라 말하고 또 말할 수밖에 없는 일이 많아졌다. 이래저래 잡힌 강연들. 현실적인 문제들과 얽힌 일정이라 과감히 무시하지 못한다. 혹시 나의 구내염은 작가가 입으로 떠드는 현실에 대한 제동인가.

말하고 또 말할수록 아파하라 더 아파하라.

이 통증은 대체 무엇으로부터 오나.

또 다른 엄마

늘 고맙다. 나의 발에게.

오래 걷고 고단하게 서 있고 험한 곳을 다녀올 때마다 늘 미안했다. 그리고 고마웠다. 240mm 나의 발에게.

어렸을 때부터 나는 꼭 가족이 둘러앉은 두리반에서 밥 먹다 말고 일어나야 했다. 밥상에 아직 입맛 당기는 반찬이 남아 있어도 의무적으로 일어나야 했던 건 맏딸이라서.

내게 늘 차가웠던 엄마는 식구들이 밥을 다 먹기 전에 꼭 숭늉을 가져오도록 시켰다. 아무리 밥상머리에 붙어

있고 싶어도 소용없었다. 꼼지락거렸다가는 등짝을 얻어
맞으니까.

숭늉은 부엌에 가서 들고 오기만 하면 되는 게 아니다.
밥 먹는 동안 연탄불에서 끓던 것이라 데지 않게 조심하
며 긁어서 양푼에 담아 와야 하는 후식이었다. 여덟살이
라도 동생이 셋이나 되면 어리지 않은 나이고 두살 더 먹
은 오빠한테는 떠넘길 수도 없는 맏딸. 큰딸이기에 앞서
나도 어린애고 맛있는 걸 더 먹고 싶은 마음이 당연히 있
다는 걸 엄마는 알려고 하지 않았고 아예 생선의 머리나
꼬리를 먹으라고 가르쳤다.

내 성질머리는 너그럽지 못하고 손도 부주의해서 나는
자주 솥을 놓쳤다. 반듯하지 못한 부뚜막에 둥그스름한
솥바닥을 놓는 짓은 사고를 짐작하면서도 피하지 않는 심
보라고 해야 할 것이다. 고백하자면 매우 악의적인 반항.
아무튼 나는 조심하지 않았다. 그게 나를 다치게 하는 짓
이라도.

밥 먹는 내내 연탄불에서 끓던 솥이었다. 일곱이나 되

는 식구들 입을 마저 채워야 했으므로 누룽지가 솥의 반이나 되는 양이었다. 뜨겁고 무거운 위험에 대해 나는 겁이 없었다.

숭늉이 발등에 쏟아지는 순간 나는 비명을 질렀고 엄마가 뛰어나왔다. 끓는 물을 뒤집어썼어도 엄마는 나를 쥐어박기부터 했다.

"이년이 하기 싫으니까 이 모양이지!"

발을 데이고도 나는 욕을 먹었다. 그럴 줄 알고 있었다. 좀더 신중하지 못한 행동의 밑바닥에는 엄마가 나 때문에 마음이 좀 아팠으면, 나에게 미안해하기를 바라는 꼬인 심보가 다분했다. 밥 먹다가 숭늉 좀 챙겨 오는 일이 왜 그렇게 싫고 억울했는지. 너그러운 심성은 타고나지를 못했던 모양이다.

화상 재우는 거즈를 붙이는 게 치료의 전부였던 그때 나는 신발에 발이 들어가지 않아 신발주머니로 발을 감싼 채 절뚝이며 학교에 다녔다. 한번도 결석하지 않았다. 상처가 덧나 피가 나거나 새살이 돋느라 근질거리는 걸 고스란히 느끼며 끝까지 피해자 행세를 했다. 엄마에 대한 반항이고 조용한 분노였다. 엄마도 그걸 알았던 것 같다. 단 한번도 나의 상처를 안쓰러운 눈으로 보살피지 않았던 걸 보면.

내 발등에는 죽은 거미가 남긴 듯한 일그러진 자국이 있다. 오래된 거미줄 같은 흔적. 뜨겁게 살이 파였으나 기어이 아물고 기특하게 건재하여 쉰해가 넘도록 나를 지탱하고 있는 나의 발 무늬. 지독한 엄마가 나에게 나누어준 뼈와 살의 크기.

틀림없이 내 인생의 마지막까지 함께해줄 나의 가장 낮은 몸. 언제나 최선을 선택할 머리에 충실하여 가장 좋은 곳으로 나를 데려가 주고 어떤 경우에도 내 편일 몸.

나의 발은 또 다른 나의 머리. 나의 엄마다.

찬란한 다리

나에게는 치마가 없다. 단 하나도.

그걸 어떻게 입어야 하는지도 모른다. 두 다리 집어넣고 끌어올리면 되는 줄이야 모를까. 그러나 그렇게 입은들 한 걸음이나 뗄까. 답답해서라기보다 굵은 종아리가 너무 창피해서.

내 종아리는 굵어도 너무 굵다. 각선미 따지는 요즘 젊은이들 시선대로라면 결혼이나 할 수 있었을까 생각하곤 웃을 때도 많다.

이 영광의 굵기가 학교 육상 선수로서 얻은 결과물임을

나는 굳이 말하지 않는다. 폐병 탓에 각혈을 하면서도 달리기를 지나치게 잘해서 선수로 뛰었다는 건 대단한 일이었으나 떠벌릴 노릇은 아니다. 나는 그저 어울리는 스타일의 바지를 골라 다리를 꾸며주고 나와 더불어 내 나이만큼 잘 걸어준 것에 대해 경의를 표한다.

십대 시절에는 굵은 내 다리가 정말 싫었다. 교복을 입으면 어쩔 수 없이 드러나는 다리 때문에 얼마나 스트레스를 받았는지. 가늘고 긴 다리의 친구들을 볼 때마다 확실히 나는 자신감을 잃고 슬그머니 다른 애 뒤로 숨었다.

그러다 그애를 보게 됐다.

양손으로 목발을 짚고 걷던 여자애. 여자애 곁에는 멀쩡한 남자애들이 서넛이나 있었고 걔들은 무슨 이야기가 그리 재미있는지 환한 얼굴로 소리 내 웃기까지 하면서 어울리고 있었다. 햇빛 속에서!

나는 너무 눈부신 햇빛을 피해 그늘에 있었다. 거기서 멍하니 그 여자애를 바라보았다. 몸매를 날씬하게 보여주는 차림새. 허벅지 절반에서 찰랑거리는 짧은 스커트를

입었다. 그런데 다리 하나가 없다.

스커트 아래 그 빈 자리가 믿어지지 않아 나는 시선을
돌리지 못했다.

어지러웠다.

아니, 그 광경이 너무 찬란해서 눈이 다 부셨다.

하나뿐인 다리. 거기에는 종아리까지 긴 양말이 예쁘게
신겨 있었다. 잃은 다리도 아주 날씬하고 길었을 거라고
짐작할 수 있는 예쁜 다리. 하나뿐인 다리를 환하게 드러
내고 햇빛 속으로 웃으며 나오기까지 저 애는 어떤 시간
을 견뎌냈을까. 옆에서 나란히 걸어주는 저 친구들은 도
대체 어떤 사람들일까.

참 아름답다!

산다는 게 뭔지 잘 몰라도 살아 있음이 경이롭다는 걸
처음 느낀 날이었다.

부끄러워서. 멀쩡한 두 다리 의미도 깨닫지 못한 알량
한 내가 한심해서 나는 그늘 속에서 돌아섰다. 적어도 그
여자애가 버티고 선 햇살 아래는 벗어나야 할 것 같았다.

아무렇지도 않게 같은 자리에 서 있을 만큼 뻔뻔하지 못해서 나는 도망치는 쥐처럼 거기를 벗어났다.

나는 아직도 그때의 그늘에서 벗어나지 못하고 있다고 느낄 때가 많다. 그러나 여전히 기억한다. 햇살처럼 환했던 외다리 소녀. 그 찬란하고 당당했던 외출. 눈부시게 아름다웠던 걸음. 낯선 그애가 내게 얼마나 귀한 의미를 던졌는지.

목소리

가끔, 통화를 할 때 오빠가 웃는다.

"어째, 점점 엄마 목소리가 나냐……."

전화를 받는 내게서 엄마 목소리가 느껴진단다.

나는 성질을 발칵 내며 목소리에 탄력을 준다.

그러지 말라고. 그런 소리 듣기 싫다고.

나는 내 어디에도 엄마가 남아 있는 게 싫다. 고단했던 팔자, 지독한 고집, 둥글넓적한 얼굴, 단 한번도 고왔던 적 없는 여자, 배우지 못해 귀가 얇았던 어리석음, 그 무엇도 내게 유전되었음을 참을 수 없었다.

어쩔 수 없다. 나도 안다. 목소리에 엄마가 남아 있다는 사실. 성대에 문제가 생기기 전에야 이 무서운 진리가 바뀌겠는가. 엄마의 유전자를 가장 많이 받은 장녀인걸.

가끔, 공명으로 내 목소리를 느낄 때는 나도 모르게 멈칫한다.

몹시 피곤하거나 원고에 집중했다가 몽롱한 상태가 될 때. 나는 내 목소리가 나에게 말하는 것 같은 울림을 느낀다. 부정할 수 없는 엄마의 목소리다. 부인하고 거부해도 나에게 새겨진 엄마. 하필이면 그게 느껴질 때는 너무 지쳤거나 외롭거나 실수하기 딱 좋게 정신이 혼미할 때라서 바짝 정신을 차려야만 한다.

무방비 상태에서 드러나는 목소리.

거기에 엄마가 있다.

나를 억압하고 희생을 강요하고 존중하지 않았던 엄마.

생선 가운데 토막에 손을 대면 머리를 쥐어박고, 국민학교 졸업과 동시에 남의 집 식모살이 보내는 걸 혼자 결정하고, 소풍 가지 말고 동생 돌보라고 명령하고, 공부하지 말라고 아궁이에 가방을 쑤셔 넣고, 명절날 빨래하라고 공동 우물에 내보내고, 학력고사 보지 말라고 기찻삯도 주지 않았던 사람이다. 내 엄마가.

고향 떠난 뒤부터 우리는 늘 가난했다. 아버지는 벌이가 시원찮았고, 엄마는 오일장을 따라다녔다. 나는 장녀였고 동생들이 셋이나 있었고 오빠는 근방에서 다 알아주는 영재였다. 누구라도 장녀의 희생쯤 당연하게 여길 만한 조건이다. 드라마에서는 나 같은 인물이 착하고 책임감 강하고 희생을 기꺼이 받아들인다. 하지만 나는 거부했다. 부당한 노릇이라 참지 않았고 엄마에게 날을 세웠다. 엄마한테서 벗어나고자 무모한 가출을 시도했다.

그런데.

오빠가 말한다. 나이 들수록 나에게서 엄마가 보인다고.

아, 젠장!

내가 너절한 환경에서 벗어나려고 얼마나 발버둥 쳤는

데. 내가 아는 사람들과 다르게, 내 인생에서 온전히 나로 살고자 얼마나 최선을 다했는데.

그토록 오래, 다른 곳을 바라보며 달려온 길이 고작 엄마의 테두리 안이었다니!

나는 엄마의 한 조각이었다. 나의 대부분은 바로 나다. 그러나 이렇게 문득문득 누군가는 나에게서 나 아닌 누군가를 발견한다.

엄마.

왜 나를 떠나지 않아?

아직도 내게 요구할 게 있나?

혹시 나를 걱정해?

끝까지 나더러 투쟁하라는 거야?

그래요. 난 엄마를 털어내고자 부단히 애쓸 거야. 엄마처럼 살지 않아.

나는 끝내 나이고 싶어. 내 목소리에 숨어서 엄마를 확인하게 하지 마. 엄마와 갈등의 시간이 나를 키운 것. 그

것으로 충분해요. 그렇게 이 콤플렉스 덩어리가 만들어졌

잖아. 이게 내가 사는 방법인걸…….

。

나는 엄마의 한 조각이었다.
나의 대부분은 바로 나다.
그러나 이렇게 문득문득 누군가는 나에게서
나 아닌 누군가를 발견한다.

손가락

어제 충격적인 뉴스를 보았다.

'호주 최고령 생태학자 데이비드 구달의 생을 마감하는 순간'.

104세에도 그는 지병이 없었고, 박사로서의 결함도 가족으로서의 치명적인 문제도 없었으나 그는 자기 생의 마지막을 스스로 결정했고 실행에 옮겼다.

거의 모든 나라가 자살을 허용하지 않는 현실에서 그가 죽음을 선택하고 실행에 옮긴 사실은 한동안 갑론을박의 중심에 설지도 모른다. 나는 '백세 시대'라는 말을 재

앙처럼 느끼는 사람인지라 이 뉴스는 시선을 끌기에 충분했다.

그는 라이프 사이클 클리닉인 '엑시트 인터내셔널'(Exit International)에서 치사량의 진정제와 신경안정제가 든 관의 뚜껑을 자기 손가락으로 직접 열었다고 한다. 그리고 듣고 싶은 음악으로 신청한 베토벤의 교향곡 「환희의 송가」를 들으며 숨을 거두었다. 마지막 순간까지 완벽하게 자신의 삶을 살았던 사람이다.

그는 이런 결정을 하게 된 이유에 대해서 어이가 없을 만큼 간단히 말했다.

삶이 즐겁지 않다.

가족과 함께하는 삶에서조차 기쁨을 찾지 못하게 됐단다.

생각해보면 삶에서 이보다 중요한 게 없다. 우리의 욕망이라는 건 이 단순한 것 같은 이유로 인해 방향성을 갈구하고 에너지를 끌어내지 않는가.

그의 선택을 존엄한 죽음으로 볼 것인지, 생명 윤리에

반하는 죄악으로 볼 것인지에 대해 나는 어떤 입장도 가질 생각이 없다. 그가 완벽하게 자신의 삶에 충실했다는 인상을 받았을 뿐. 인간으로서 자신의 업적을 이루고, 가족이 지켜보는 가운데 한 사람이 떠날 수 있다는 사실은 놀라운 일이 아닐 수 없다. 늙고 뻣뻣해 보였지만 마지막 순간까지 그의 손가락은 멀쩡했다.

나는 이 글을 손가락을 겨우 움직이며 작성하는 중이다. 특히 오른손 약지와 새끼손가락이 서툴게 자판을 더듬거리는 바람에 자주 오류를 수정해야만 하는 상태.

어제 통증의학과에서 목디스크 수술 제안을 받았을 만큼 나의 오른쪽이 아주 망가졌다. 자판을 건드리지 못해 급한 원고조차 연말까지 미루었다. 목에서부터 시작된 저림 증상이 손가락 끝까지 자극해서 불편과 불안이 꽤 오래 지속되고 있는 중이라 얼었던 손이 녹는 듯한, 작은 충격에도 전기가 찌릿찌릿 느껴지는 듯한, 부은 것처럼 두툼한 감각.

때로는 손가락이 손등으로 꺾이는 듯한 통증도 인다.

걱정으로 잠을 설치고, 수술을 피할 방법이 없나 싶어서 뒤척이다 보니 자정을 겨우 넘기고 깨어났다. 작가로서의 결과가 이 지경인가 싶어 허무하다. 그러나 생각해보면 인간의 상실 가운데 가장 공평하게 적용되는 문제가 노쇠 아니겠나. 믿을 수 없지만, 어느새 노년기에 접어들었으니 어디가 마모돼도 이상할 일이 전혀 아니고. 대체와 보완이 불가피하면 과감히 받아들이는 게 답일 텐데 나는 여전히 두렵고 의사의 소견이 영 의심스럽기만 하다.

데이비드 구달에게도 나처럼 허둥대던 순간이 있었을까. 두려움에 어린애처럼 걱정하고 나에게 냉정한 소견을 말한 전문가를 의심한 적 있을까. 혹시 그렇더라도 그의 두툼하고 견고해보이는 손가락은 가벼워 보이지 않았다. 그의 손가락이 자신을 온전히 파악하고 죽음의 관을 열었다면 나는 아직도 내가 무엇인지 몰라서 이 밤에 그나마 멀쩡한 손가락을 혹사하며 생각의 켜를 들여다보려 애쓰고 있다. 나름대로 나에게 충실하고자 노력하는 중이라는 생각으로. 모르겠다. 사실은 달아나버린 잠을 붙들지 못해 뭘 해야 할지 몰라서 익숙한 짓을 하는 중이라고 고백해야겠다.

나의 마지막도 구달의 선택처럼 자의적일 수 있을까. 부디 그러기를!

흔들리다

오른쪽 어깨가 아프고 오른쪽 팔이 둔하고 목이 뻐근해도 그냥저냥 지냈다. 걱정이 되면 통증의학과에 잠시 다니고, 경락 마사지를 좀 받고, 운동을 이것저것 해보면서 나이 탓을 하고, 작가들 지병이라고, 운동 부족이라며 웃고 넘어갔다.

목에서부터 가운뎃손가락 끝까지 감전된 듯 간헐적 통증이 일고 전철 의자에 점잖게 앉아 있지 못하게 됐을 때에야 나는 심각성을 깨달았다. 내가 이상하다. 단단히 잘못됐어.

엑스레이상으로 몸속을 본 의사 얼굴은 걱정을 증폭시켰다. 이건 오래 진행된 결과다. 몸에서 신호를 보냈을 때 알았어야 한다. 의사는 수술 이야기를 꺼냈고 나는 우울했다.

수술하면 괜찮아질 거라고 간단히 생각했는데 목뼈 다섯마디를 갈아내야 하는 대수술에다가 2차 통증을 견뎌야 하고 재활에 수개월이 소요된다는 소리가 너무 두려운 것이다.

웃을 때도 감정 밑바닥에서는 우울감이 건드려졌다. MRI를 찍고 주사를 맞고 도수 치료를 하고 수영을 등록하고. 수술만 피할 수 있다면 뭐든 해야 할 상황이었다. 그래 봐야 통증만 줄이자는 노력들.

경고를 이제 알아챘느냐는 듯 몸 여기저기가 아파왔다. 눈이 급격히 나빠지고, 어금니가 흔들리고, 명치가 자주 뻐근하고, 눈에 띄게 배가 나오고, 입병이 생기고. 자식들은 백수를 면치 못해 신경을 건드렸고 남편은 농토를 더 늘리겠다는 욕심을 자주 내비쳤다. '외롭다'는 표현이 좀 많았던 내 산문에 어떤 독자는 당신처럼 성공한 작가가 할 소리냐는 식의 악평을 남겼고, 친구는 이제 그만 내려놓으라는 소리를 해서 기운을 뺐다.

목욕을 하는데 갑자기 모든 게 귀찮아졌다. 때를 벗겨내는 게 중요한가. 청소하고 빨래하고 때맞춰 밥을 먹는 짓을 꼭 해야 하나. 여기서 그만둬도 될 것 같은데.

그저 열심히 살았을 뿐이다. 내 일에 충실했을 뿐인데 이런 결과라면 산다는 게 얼마나 쓸쓸할 노릇인가. 최선을 다했어도 인생이 풀리지 않았던 엄마 아버지와 나는 다르다고 생각해왔다. 그러나 많이 다른가. 한끗 차이구나. 누가 누구를 동정하고 성공과 실패로 가름할 수 있나. 산다는 게 뭘까. 꿈을 이룬다는 게 뭘까. 사람은 무엇으로 사나.

홍콩 배우 장국영이 생각났다. 그렇게 잘생긴 남자가, 돈도 많고 재주도 많고 흠모의 대상인 배우가 고층 빌딩에서 떨어져 죽었다는 게 믿어지지 않았다. 자살일 리 없어. 밝혀지지 않은 음모가 분명히 있을 거라고 생각해왔다. 그런데 문득 그가 많이 외로웠을 거라는 생각이 들었다. 의사도 친구도 애인조차 해결해줄 수 없는 지독한 고독이 어느 순간 그를 사로잡았을 것 같은.

미지근한 목욕물이 늪처럼 싫어졌다. 나는 목욕을 그만두고 물기 어린 거울 속에서 일그러져 있는 나를 외면했다. 나는 안다. 나라는 사람이 힘내자는 구호를 외쳐가며 섣부른 용기로 자신을 일으킬 수 없는 사람임을. 억지로 웃어가며 괜찮은 척해도 내가 무너지는 원인을 제거할 수 없음을. 다시 서는 힘도 이유도 결국 나의 내면에서 나와야 한다는 사실을.

월요일 수업. 이게 아니었으면 나는 밖으로 나오지 않았을 거다. 책임 때문에 움직였고, 최선을 다하려고 수업에 충실했다. 예의상 식사도 같이했다.

덜그덕.

음식과 함께 이물감이 씹혔다. 어금니 보철이 빠져버렸다. 불안하게 흔들리더니 결국.

보철 속에 감춰졌던 어금니 색깔. 아픈 것들은 다 저렇게 죽어 보이는구나. 저런 속을 붙들고도 보철은 여전히 금빛으로 반짝인다. 가엾게도.

2부

오래된
조각들

황금빛 시절

오십대 후반.

 이게 지금 내 나이란다.

 믿을 수 없는 나이를 먹었다. 내가.

 서류상 어떤 착오가 있지 않았을까, 생각할 때가 있다. 그러나 거울을 볼 때면 아주 정직한 내 얼굴을 발견할 수밖에 없다. 너무 낯설고 우울하게 늙어버린 얼굴. 내가 또 그렇게 발견되기도 하는 것이다.

 내가 나라는 사실을 증명할 수 있는 게 뭘까. 그런 게 있기나 할까. 때때로 사는 게 참 부질없구나, 싶어진다.

대체 뭘 바라며 바쁘고 부지런하고 갈등하고 참고 최선을 다 하나.

이런 생각을 하면서도 나는 머리를 감고 화장을 했다. 이메일을 체크하고 인터넷 기사를 검색하고 컴퓨터 앞의 이물질들을 휴지로 닦아냈다. 약속이 있다. 모 출판사 대표와 모종의 계획을 위해 모반을 꾀하고자 한다. 대체 뭘 위해서 이런 궁리를 하는지 여전히 의문이건만 그래도 한다.

참 많이 외로웠다.

참 많이 웃고자 노력했고, 참 많이 내 것을 위해 투쟁했다.

내가 틀리지 않았다는 걸 확인하고자 참 많이 합리화했고, 참 많이 남을 헐뜯었다.

순수하지 못했다.

어쩌면 내 인생에서 가장 순수한 시절은 태어나서 일곱 살 때까지.

그 짧은 황금빛 기간.

부모님 슬하에서 배고픔 모르고 외롭지 않고 넘어져도 괜찮고 걱정 없이 잠들고 보이는 풍경이 다 깨끗하고 앞산에 어린애 간을 빼먹는 '나환자'가 산다는 걸 의심하지 않았던 시절.

나에게 그런 시절이 있었다. 살풍경한 평택의 먼지바람 속에서 '백일해'을 달고 휘청거리다보니 비정상적일 수밖에 없었던 성장이었으나 그래도 그 바닥을 버틸 수 있도록 나의 근간에는 훼손되지 않은 칠년이 있었던 것이다.

나의 어머니가 온전히 나의 안위를 보살피고 나의 아버지가 오롯이 건강한 남자였고 나의 오라비가 범접하기 어려운 영특한 머슴애였고 여동생의 키가 아직 나보다 작던 시절. 오래된 앵두나무가 검붉은 열매를 높이 달고 어린 나를 위해서 햇살을 반짝 퉁기며 유혹하거나 맑은 냇물 속 납작 돌멩이들이 살 오른 가재들을 어김없이 숨겨두었던 시절. 이웃 아주머니가 환하게 웃으며 색색으로 물든 은행을 두 손 가득 쥐어주고 싸리나무 울타리 집 툇마루에서 걷지 못하는 언니가 색동옷 지어 입힌 토끼를 아기처럼 안고 나를 비스듬히 건너다보던 시절. 이런 시간이 나에게 있었다.

이렇게 아름다운 시절이 나를 살게 한다.

'그대 다시는 고향에 가지 못하리.'*

누가 그렇게 읊조렸다.

나도 안다. 감히 내가 어찌 나의 황금빛 시절로 돌아가 겠나. 다만 나에게 그런 시절이 있음에 감사한다. 적어도 나는 그 짧은 황금빛 시절에 만들어진 어린애임을 기억하고자 할 따름이다. 거울 속 슬프게 처진 얼굴에 생기를 불어넣을 수 있는 건 여전히 나에게 황금빛 시절이 후광처럼 살아 있는 덕분이다.

황금빛 시절. 이것이 내 삶을 움직이는 나침반이다.

* 『그대 다시는 고향에 가지 못하리』, 이문열, 나남, 1986

나는 아이러니다

나를 무엇으로 규정할 수 있나.

　수강생들에게 이 테마를 던질 때만 해도 고민이 없었다. 나를 표현할 수 있는 낱말이야 부지기수 아닌가. 색깔이나 동물 등의 상징어로, 아니면 사회적 지위나 역할로. 혹은 정체성을 확인할 수 있는 어떤 낱말이라도.

　시건방졌던 것이다. 혹시 내가 선생질이라는 걸 앞세워 남을 곤란하게 하지 않았나 싶다.

　쉽지 않은 주제어.

　나는 나를 안다고 생각해왔다. 남도 아니고 바로 '나'

아닌가.

　나는 작가. 두 아들의 엄마. 아내. 장녀. 1962년 여름생. 서울에 사는 중년. 자존심 강한 사람. 강한 척하지만 사실은 허점투성이. 장기가 약한 사람. 잘 나서지 않으나 주목받고자 하는 욕망이 큰 여자. 콤플렉스 덩어리. 외로운 사람. 게자리. 호랑이띠. 시간을 잘게 쪼개어 쓸 때 만족하는 타입. 남보다 스스로의 한계와 싸우는 사람. 소란한 걸 못 견디고 관찰에서 의미 포착하기를 즐기고. 혼자 영화 보는 게 편한 사람⋯⋯.

　나에 대해 쓸 게 이렇게나 많다니!

　그런데 잘 모르겠다. 이 모든 건 과거형. 부분. 게다가 나의 판단. 얼마나 편협한 규정인가.

　타인에게 규정된 나를 나는 모른다.

　무엇보다 나의 내면을 짐작할 수 없다. 앞으로 어떤 일을 바라고 운영하고 결론지을지.

　거울 속 나를 바라본다.

　참으로 낯선 여자가 무표정하게 서 있다.

저렇듯 감동 없는 여자가 어쩌다 이런 나이를 먹었을까.

약한 것들로 이루어져 여기까지 오다니!

병들고 가난했던 외톨이의 승리다. 그것만은 확실하다. 그래서 다행이다. 참 다행이다. 하지만 과거가 이러저러하니 그 바탕으로 미래가 규정될 리 없다.

나는 그저 나다. 아무것도 확신할 수 없는 흔들리는 사람.

바라건대 기억이 사라지기 전에는 알고 싶다.

내가 무엇인지.

°

나는 작가. 두 아들의 엄마. 아내. 장녀.

1962년 여름생. 서울에 사는 중년.

자존심 강한 사람. 강한 척하지만 사실은 허점투성이.

장기가 약한 사람. 잘 나서지 않으나 주목받고자 하는 욕망이 큰 여자.

콤플렉스 덩어리. 외로운 사람.

꼭 그런 날이 있다

오빠가 중국으로 출장을 가서 SNS로 사진을 보내왔다.
홀쭉하고 지쳐 보이는 얼굴.

사드 배치 문제로 한국과 중국 기류가 껄끄러운 상황에
다 마카오에서 김정남이 독살당해 심란한 즈음이다. 잘
있다는 소식이라도 자주 달라고 졸라서 받은 사진이었다.

그 사진을 보는데 어찌나 가슴이 짠하던지.

이름만 대면 모르는 사람이 없던 평택시의 그 잘생
긴 소년은 어디로 갔을까. 적당히 쉬면서 여가 활동이나
할 나이에 무더운 광저우까지 가서 배선 작업을 해야 하

는 오빠. 이 안쓰러움은 아버지의 초췌한 모습을 바라봐야 했던 바로 그 감정이다. 동생이면 안아주기라도 하지, 감히 위로 한 자락도 쉽게 던지기 어려운 사람인지라 그 지친 모습은 그저 그대로 가슴을 저미고 들어오는 아픔이다.

어렸을 때, 나하고는 다른 오빠의 외모 때문에 아버지의 첫정을 의심한 적도 있었다. 우리 아버지에게도 그런 사랑이 있었던 거야. 낭만적 감수성을 자극했던 의심. 나는 아버지의 모든 걸 인정하는 딸이었으므로 그게 사실인 양 드라마 같은 상상을 하기도 했다. 평생 고달프게 살았던 남자에게 그런 한때가 있었다면 얼마나 다행인가. 그 애틋하던 시절의 아버지. 그 결실이라고 해야 어울릴 듯한 오빠. 아버지의 죽음이 여전히 현실인 나에게 오빠의 초췌한 사진은 서늘하고 깊은 좌절이었고 또한 감동이었다.

인정하기 싫어도 인정해야 하는 것들이 있다.

"너는 점점 엄마 목소리를 내는구나."

오빠의 전화를 무심코 받았을 때.

"당신 웃을 때 꼭 장모님 같더라."

지쳐도 웃어야 했을 때.

"어두워지기만 하면 우리는 다 같이 저녁 먹어야 되는 거지?"

저녁 차려서 각 방의 식구들을 다 불러냈을 때.

머리를 새로 해서 어색해진 얼굴을 거울 속에서 확인했을 때.

시장 구석에서 자기 자리도 없이 생선 파는 여자를 봤을 때.

지갑이 두둑해도 선뜻 비싼 물건을 함부로 집어 들지 못했을 때.

암 수술 하고 나온 병상의 동생을 다시 만났을 때.

나의 깊고도 아픈 인자.

우리는 엄마의 줄기 하나였다.

아버지의 한 조각이었다.

혹시 그는 베토벤이었을까

일요일 아침.

거실로 나가니 남편이 클래식 음악을 듣고 있었다.

"아,「유머레스크」네."

무심코 나온 말에 남편이 놀라는 시늉을 했다. 반은 농담, 반은 정말 뜻밖이라는 듯.

농사짓는 남편의 취미는 음악 감상. 좋은 스피커를 갖는 게 소원. 아들의 짝은 악기 하나쯤 다룰 줄 아는 사람이면 좋겠다고 말할 만큼 음악에 대해서는 나보다 애정이 큰 사람이다. 그에 비해서 나는 음악에 시큰둥한 편이었다. 어설프게 동조했다가는 남편이 호시탐탐 노리는 스피커를 덜컥 끌어들일지도 모른다는 걱정이 깔린 처세라고 할 수도 있다.

무심코 튀어나온 한마디가 오래된 기억을 끌어 올렸다.

우리는 다 악기를 배워야만 했어. 어떤 애는 풍금을. 어떤 애는 목금, 아니면 실로폰. 어떤 애는 멜로디언. 어떤 애는 북을 쳤지. 나는 가난한 집 애라서 플라스틱 피리밖에 못 불었어. 대부분의 애들이 피리를 불었는데.

아, 이런.

말하다가 깨달았다. 기억에 오류가 있었다. 끄집어낸 기억의 음악과 사람이 엇갈렸다. 그러고 보니 내 어린 시절에 음악과 관련된 어른이 둘이나 있다. 「유머레스크」와 나에게 도서실 열쇠를 맡겼던 김형은 선생님. 「페르시아의 시장」과 음악 선생님. 그런데 내가 지금 「유머레스크」와 연결하여 어떤 음악가 이야기를 하고 있는 것이다. 너무나도 장황하게 감정까지 실어서. 남편이 솔깃해서 듣지 만 않았어도 나는 오류를 수정했을 것이다.

시골 학교에 잠시 머물렀던 늙은 음악가. 그 음악가한 테서 우리가 배운 곡은 「페르시아의 시장」이었다. 하지만 나는 「유머레스크」의 선율도 선명하게 기억한다. 학예회 무대에 서야 하는 소년에게 거구를 흔들며 무용을 가르치 던 선생님. 김형은 선생님이 나에게 도서실 문을 무한히 개방하지 않았어도 내 기억이 이렇듯 아름다울까.

내 인생에 스승은 도서실 선생님뿐인 줄 알았다. 그런 데 또 한 사람의 스승이 있었다. 「유머레스크」에 이끌려 나온 「페르시아의 시장」. 그리고 음악 선생님. 그는 나를 모르고, 내 옆에 오신 적도 없고, 내가 그저 바라보기만 했던 분이지만 아주 특별하게 인식된 음악가. 이렇게 멋 진 기억이 여태껏 단 한번도 떠오르지 않았다니!

그는 음악책의 흑백사진 속 베토벤과 비슷한 느낌이었 다. 불만스러운 표정과 상대를 노려보는 듯한 눈빛. 오지 말아야 할 곳으로 쫓겨 오기라도 한 사람처럼 다소 날카

로운 인상마저 풍기는 사람이었다. 그는 하얀 머리카락이 구불구불하니 웨이브가 자연스러웠고 키가 크고 구부정했다. 성마른 인상을 강조하듯 입술은 꾹 닫힌 편이었지만 음악에는 열성적이었던 사람.

지금 생각해도 그는 시골 학교에 올 사람이 아니었다는 생각이 든다. 무슨 일이 있었던 것처럼 그는 학기 도중에 왔고 잠시 머물다 떠났다. 그가 머문 시간은 짧았지만 나는 아직도 수십년 전의 그를 또렷이 기억한다. 「페르시아의 시장」과 함께. 그는 전교생에게 악기를 가르쳤다. 수백명이나 되는 애들을 혼자서 지도했고, 전교생이 각기 다른 악기로 그 곡을 합주하게 만들었다. 어떻게 그게 가능했는지!

짧은 동요의 음계나 외던 아이들에게 그건 너무나 새로운 도전이었고 나 같은 아이에게는 다시없는 경험이었다. 덕분에 나는 지금껏 그 곡의 음계를 어느 정도 피리로 연주할 수 있다. 그때만큼은 아니지만 아마 가능할 것이다. 그가 아니었다면 구멍 몇개의 플라스틱 피리로 높은 음에 반음까지 낼 수 있다는 걸 어떻게 알았겠는가.

우리는 각자의 악기에 전념하며 「페르시아의 시장」을 끝까지 합주했다. 마른버짐 핀 아이들. 손톱 밑이 더럽던 아이들. 입성이 추레하던 아이들. 상스러운 말이 부끄러운 줄도 몰랐던 아이들은 합주를 하던 순간 고결하게 빛났다. 동요 이상의 음악 하나가 나에게 그렇게 들어왔던 것이다. 마치 엘 시스테마의 감동 스토리처럼.

"그때 베토벤이 다녀갔던 게 아닐까?"

남편이 웃으며 말했다.

나는 잠자코 고개를 끄덕였다. 그럴지도. 착한 아이한테 오는 산타클로스보다 더 위대하게 그는 우리에게 왔다. 착하지도 깨끗하지도 순하지도 않은 아이들에게도 고결한 순간이 있다는 걸 알게 해준 사람. 진정한 예술가를 그때 나는 그렇게 만났었다.

마음에 드는 책을 골라 읽는 일.
그렇게 다시 나에게
어린 시절의 순수한 즐거움을
선물하고 싶다.

책에 대하여

인터뷰 때마다 서재에 대해 생각해보게 된다. 서재에서 집필하는 장면 한 컷을 요구받는 일이 종종 있어서.

서재. 서재라.

나에게 그런 게 있었나. 번듯한 공간을 작정하고 만든 적 없고, 다른 작가가 '서재'라 할 만한 곳에서 작업하는 모습을 실제로 본 일도 없다보니 이 말은 왠지 나보다 대단하고 격식을 갖춘 사람들에게나 어울릴 듯한 거리감이 좀 있다. 남편조차 '우리가 제대로 된 집을 갖는다면 말이지, 제일 먼저 당신 서재를 이렇게 꾸미는 거야' 하곤 해서 이건 아무래도 지금의 나에게는 없는 것처럼 느껴지기까지 했다. 그러나 까짓 서재가 뭐라고. 책이 있는 방 정도가 아니겠나.

나에게는 방이 넷 있다. 방마다 책이 빼곡히 꽂혀 있다. 온통 책으로 둘러싸인 방 귀퉁이 책상에서 나는 작업을 하고 한쪽에 놓인 침대에서 자고, 벽에 붙여놓은 식탁에서 밥을 먹는다. 책이 집을 차지했고 더 둘 곳이 없어서 바닥에서부터 켜켜이 쌓아두었다가 짬을 내서 남에게 줘도 될 책들을 골라낸다. 그래 봐야 덜어낸 표도 안 나고 책 무게 때문에 집이 무너지지 않을까 걱정만 늘어날 뿐.

책.

어려서부터 책은 나에게 매우 중요했다. 단 한권의 책도 없어서 나만의 책을 만들기까지 했다. 책이 없었다면 외톨이 가난한 여자애 인생이 구제받았겠나. 문학을 품은 사람에게 책이란 밥과 같으니 책이 있으면 뭘 든든히 먹은 듯 뿌듯했고 부자가 된 것만 같았다. 나는 책이 좋았고 사랑했고 습관처럼 끼고 다녔고 습관처럼 서점에 들러

뭐든 들고 나왔다. 작가가 되고 나서는 출판사로부터 신간을 우편으로 받아 점점 더 책 부자가 되었다. 그래서 방넷을 책이 다 차지하는 지금에 이른 것이다.

좋은가. 뿌듯한가.

아니. 빼곡히 꽂힌 책들을 보면 이제 불편하다. 부담스럽다. 소화불량에 걸릴 것만 같다. 읽지도 못한 책들이 꽂혀 있기만 하니 여기는 책들의 무덤이다. 무덤 속에서 나는 살고자 창작에 매달린다. 그러면서 생각한다. 언젠가는 이걸 다 읽을 거야. 죽기 전에 다 읽고 말아야지. 인생에서 책을 선택한 책임감을 강요하듯 이런 주문까지 걸고 있는 것이다. 자의가 아니라고 해도 책을 짐처럼 쌓아두고만 있는 이 상황은 정상이 아니다. 아주 나쁜 버릇이고 낭비다.

어떤 작가가 자랑스럽게 말했다.

"나는 책을 보관할 집을 따로 마련했어요."

어떤 문학 교수는 말했다.

"나는 초판만 모으는데, 장차 기념관을 만들 예정이

에요."

어떤 사람은 당당하게 말한다.

"내가 지금까지 모은 책이 수만권이죠."

그들에 비하면 나는 책에 특별히 의미를 두지 못한 사람이다.

나는 그저 책이란 읽지 않으면 무용지물이라고 생각할 따름이다. 소유할 공간보다 많이 모으는 것보다 필요한 사람을 찾아 나눠주는 게 낫다고 생각할 뿐이다. 가끔은 수강생들에게 필요할까 싶어서 양손 무겁게 들고 나가기도 한다. 혹시라도 그들에게 짐을 떠안기는 게 아닌지 눈치를 보면서. 도서관에서도 책 기증을 탐탁지 않아 한다 소리를 사서에게 들은 터라.

더이상 책이 귀한 시대가 아니다. 우리를 키우고 나의 정체성을 분명히 해주었던 인류의 이 산물은 퇴출 위기, 사망 선고를 앞두고 있다. 나의 방에서조차 그렇다는 게 죄스럽다. 이 나쁜 버릇을 바꿔야 할 행동은 단 하나. 딱 붙어 있는 걸 빼내는 순간 찍 소리가 날 게 분명할 선택.

마음에 드는 책을 골라 읽는 일. 그렇게 다시 나에게 어린 시절의 순수한 즐거움을 선물하고 싶다.

오늘도 책들의 무덤에서 나는 내 삶을 증명하고 유익한 시간을 확인한다.

꽃그늘

모처럼 단비가 내렸다. 봄 가뭄 중에 오신 고마운 비.

그저 도시의 한 사람이었다면 낭만적 감수성에 빠지기 딱 좋은 날이었다. 절정이던 벚꽃이 뚝뚝 떨어져 내리는 풍경이며 그 속을 거니는 사람들이며 우산에 똑똑 소리를 남기는 비의 리듬감이 더할 수 없이 아름다웠으니.

안타깝게도 이 단비가 나는 좀 원망스러웠다.

한 이틀만 참았다 내릴 것이지 하필 지금이람.

어제부터 복숭아꽃이 피기 시작했다. 벌이 날아와 수정을 해줘야 할 시기인 것이다. 그런데 하필 이런 때 비라니.

　수정도 못한 꽃들이 떨어져버릴까 봐 걱정인 속사정에
는 사실 남편이 있다. 여성 호르몬이 증가하는 탓인지 날
이 갈수록 섬세해지고 감성적으로 변하는 남편이 이 비에
혹시라도 코를 빠뜨리고 실망할까봐 지레 걱정을 하게 되
는 것이다.

　꽃송이 하나가 열매의 모든 운명을 쥐고 있다는 건 놀
랍고도 잔인한 노릇이다. 복숭아를 키우면서 그런 생각을
할 수밖에 없었다. 모든 꽃이 열매가 될 수 없다는 사실부
터가 그렇다. 잎보다 꽃망울이 먼저 돋는 복숭아는 봉우
리 때 운명이 정해진다. 하늘을 향해 맺힌 꽃망울은 피기
도 전에 제거된다. 열매가 맺혀봐야 자라는 동안 모양이
뭉툭해지니 상품이 못 되는 까닭이다. 너무 촘촘히 맺힌
꽃망울도 간격을 두어야 하니 미안하지만 어떤 것은 살고
어떤 것은 떨어져야 한다. 열매로 이어지는 비바람의 과
정보다도 먼저 이런 절체절명의 순간을 겪으니 살아남은
꽃이 찬란할 수밖에.

문득 걸음이 멎었다.

함성처럼 만발한 앵두나무. 그 아래 하얗게 떨어져 내린 꽃잎.

반사될 물도 없이 처절하게 아름다운 반영이 펼쳐졌다. 꼭 이맘때 감지하게 되는 비린내. 봄밤의 고단한 한 자락이 새긴 엄마 냄새.

그래. 그날 새벽에 내가 우물가에서 본 장면도 저랬다. 우물가에 살구꽃이 알알이 떨어져 말라붙어 있었다. 간밤, 막차로 온 엄마가 불빛도 없는 우물에서 팔다가 남은 조기를 손질한 흔적과 함께.

조기 비늘과 살구꽃잎은 언뜻 구별이 쉽지 않았다. 어쩌면 그것은 다를 수 없는 속성이었다. 비린내로 남은 고단한 삶의 죽음. 곱디고운 살구꽃잎이 조기 비늘과 동일시되어 평생 나는 그 이미지로부터, 냄새로부터 벗어나지 못했고 열댓살에 이미 내 속에는 4월이 비릿하게 저장돼버렸다.

아침 햇살이 환하게 들던 우물을 보며 나는 찡그렸더랬

다. 햇살에 반짝 빛나던 건 꽃잎이 아니라 조기 비늘. 엄마에게 평생 배어 있던 비릿함. 엄마는 꽃처럼 이쁘던 시절부터 생선 함지를 이고서 시장을 떠돌았고 기꺼이 우리의 한점 조기 살이 되었고 목욕을 해도 몸의 비린내를 벗겨내지 못한 채 생을 마쳤다.

나의 4월은 늘 비릿하다. 모든 태어나는 것들의 계절. 반드시 무언가를 상처내면서 세상에 오는 것들은 비릿한 냄새에 천성적으로 예민해질 수밖에 없다. 꽃이 열매를 위해 아프게 지는 그늘의 시간. 내 엄마처럼 나도 그런가. 두렵다. 나의 이 시간이. 나의 시간이 이미 꽃이 아님을 아는 까닭에.

밑반찬

나는 반찬 만들기를 좋아한다. 조림이든 볶음이든 무침이든 국이든 정갈하고 맛나게 만들어 예쁜 그릇에 담느라 온종일 시간을 보낼 때도 많다. 만약 작가가 되지 않았다면 작은 음식점에서 주방 일을 하지 않았을까 생각한 적도 있다. 어쩌면 그게 내가 더 행복하게 사는 길이었을지도.

내가 음식을 잘한다는 자랑이 아니다. 만드는 걸 좋아할 따름이고 누군가 내 음식을 맛나게 즐겁게 먹으면 참 좋다.

나에게 음식에 대한 무슨 철학이나 조예가 있을 리 없다. 그저 밑반찬 많은 식탁이 주는 풍요로움이 좋을 뿐이다. 남도 지방에서 만날 수 있는 한 상 가득 차려진 밥상과는 다른 의미. 음식에 배인 누군가의 기억 혹은 이야기라고 해야 할 나쁜 습관에 대한 고백이다.

공들여 만들어서 며칠 두고 먹을 수 있는 장조림, 장아찌, 갖가지 김치며 콩장, 멸치볶음, 부각, 뱅어포 같은 것들. 나에게 밑반찬이란 이런 것들이다. 어린 시절 우리 집에 없던 것들. 엄마가 집에 있는 친구들 집에서 보았던 단단한 먹거리.

공들여 장만하는 그런 것들은 정성이고 애정이고 안정적인 가정의 증명이고 자존감이며 아이의 근간이었다. 텅 빈 우리 집에는 그런 게 없었다.

우리 집 밥상은 한 솥에 후루룩 만들어진 한 끼니 음식이 올라왔다가 빈 그릇으로 나가는 식이었다. 우리는 늘 허기졌다. 뭐든 좀더 먹고 싶었고, 골라 먹을 처지가 아니었고, 투정이나 깨작거리는 짓 따위 해볼 여지도 없었다.

바쁜 엄마가 그렇게라도 해줘서 우리가 이만큼이라도 산다는 걸 안다. 당연히 안다. 그래도 어린 시절 이웃에서 느꼈던 부러움이나 공허감까지 어떻게 할 수 있는 게 아니다. 그런 감정은 고스란히 콤플렉스로 남았으니까.

어쩌자고 이따위 허기를 털어버리지 못했는지.

오래전 감정이 밑반찬 만드는 습관으로 변질됐으니 어린 시절의 경험이란 얼마나 중요하고 집요한가. 어른 속 어린이는 이런 식으로 살아남아 어른을 움직인다. 다 먹지도 못할 밑반찬을 잔뜩 만들어 쟁여두었다가 결국 버리고 마는 미련퉁이 짓이 반복되는 습관은 풍요롭지 못했던 어린 시절 경험 탓이다.

나의 어린 시절 공허감은 엄마가 해결했어야 할 문제였다. 이만큼 나이를 먹고도 그걸 채우느라 같은 짓을 하고 또 하는 걸 보면. 나이를 먹어 엄마가 되고 할머니가 돼도 나의 엄마는 절대적으로 유재분 씨뿐이다. 나는 유재분이 될 수 없다.

나도 이제는 두 아들의 엄마. 나는 자식들을 꽉 채워주는 사람일까.

　엄마가 미처 챙길 수 없었던 내면의 빈틈. 나는 나의 틈을 메우고자 허구에 매달렸고 작가가 됐다. 나를 위해서는 다행스러운 일이었는데, 이게 내 자식들에게 혹시 또 다른 허기가 되지는 않았을까. 그렇게 미안해지기는 싫은데.

그 아이는 때때로

.

차례 음식을 준비하는데 전화가 왔다.

다소 침울한 목소리.

"할머니, 지금 어디 계세요?"

할머니.

이 말은 여전히 적응이 어렵다. 예순도 안 되어 듣기에
는 어쩐지 좀 억울한 감도 있고, 시누이의 혈육이니 친손
자도 아니지만 어쨌거나 나한테 할머니라고 하는 애들이
셋이나 있는 건 사실이다.

"할머니, 보고 싶어요."

나는 잠시 할 말을 잃었다.

얘는 가끔 이렇게 허를 찌른다.

명절 쇠러 친가에 가는 차 안에서 한 전화. 명절 쇠고 집으로 돌아갈 때마다 우리 집에 들러서 하룻밤 묵어가는 게 조카네의 명절 일정처럼 돼버렸는데, 해마다 겪는 일이건만 나로서는 시댁 식구들을 감당하는 게 숙제처럼 영 편하지가 않았다.

손아래 동생 집이라도 시누이들이 여기를 친정처럼 여기는지라 명절날 오후가 되면 두 시누이에 조카 식구 다섯까지 모이곤 했는데 이들의 잠자리와 몇 끼니를 챙기다 보면 나는 정신이 얼얼해지고 말았다.

사람들이 유난스럽거나 애들이 드센 탓이 아니라 내가 워낙 소란스러운 걸 견디지 못하고 조용하게 일하는 습관이 있는 데다가 염렵하지 못한 탓도 있었다. 망아지처럼 들고 뛰는 애들을 겪어낼 준비가 안 된 사람에게는 이런 전화도 뜨악한 일이 아닐 수 없다.

큰시누이가 며느리를 보면서 더는 명절에 여기로 올 입

장이 못 되어 내심 다행이라 생각한 터였다. 작은 시누이도 온다는 연락이 없었고.

"어머나. 내가 보고 싶어?"

"네. 너무 오래 못 봐서요."

너무 오래 못 봐서.

묘하게 가슴이 묵직해졌다. 이제 열살 먹은 애가 이런 말을 한다.

치다꺼리 귀찮아하는 속내를 쿡 찔린 채 나는 또 잠시 할 말을 잃었다. 평온하던 일상에 실금이 가듯 부끄러운 경련이 인다.

나도 좋은 날 사람 모여드는 게 복인 줄 알고 있다. 그걸 알면서도 떨쳐낼 만큼 내가 깊지 못한 사람인 줄도 안다. 다만 불편한 감정을 숨기는 게 싫어서 감당 못할 일이나 싫은 건 적당히 피하며 편히 살고 싶었을 뿐이다. 그런데 잠시 생각에 빠지게 된다. 뭔가 놓친 게 있는 것 같다. 당연하고 괜찮다고 생각한 것에 거미줄 같은 이물감이 느껴지는 이 불편한 감정의 원인이 뭘까.

나는 양파를 저미다가 생선을 다듬다가 문득 잠시 멈추곤 했다.

보고 싶어요. 너무 오래 못 봐서.

아. 그렇게 말하는 거였구나. 보고 싶으면 보고 싶다고. 너무 오래 못 봐서 그렇다고.

나한테 그렇게 말하는 아이가 있구나. 열살밖에 안 된 애가 그렇게 말할 줄 아는구나. 나조차 더는 하지 않게 된 그런 말을.

태어났을 때부터 봐온 아이였다. 또래보다 말이 늦어서 제 어미를 심각하게 고민하게 만들었던 아이. 여동생이 태어나던 날 차로 뛰어들고 싶을 만큼 슬펐다는 아이. 재롱둥이 여동생 옆에서 뻣뻣하게라도 열심히 춤춰주는 아이. 말문이 덜 트인 남동생의 '웅웅' 소리만 듣고도 무슨 말인지 통역해줄 수 있는 아이. 반장이 되고 싶은데 아무도 추천해주지 않아서 대신 후보들에게 아주 열심히 박수를 쳐주었다고 말하는 아이. '복숭아나무 잎이 어느새 다 떨어졌구나' 하고 말하는 할아버지한테 '그게 인생이에요' 하고 말하는 아이.

이 아이는 때때로 놀랍다. 무심코 스치는 것들을 멈칫
하게 할 때가 있다. 나는 아무리 가까운 사이라도 간극을
유지하는 사람이고 아이라도 예외는 아니다. 아이는 아이
일 뿐 특별히 아이의 눈높이에 맞춰서 뭘 하는 편도 아니
고 유치하게 아이 목소리를 내며 대화를 시도하는 일도
없다. 그런데도 가끔 이 아이한테 덜미를 잡히는 기분을
느낀다. 이번에 또 이렇게 걸려버렸다.

"그래? 그럼 내일 집에 가다가 들르면 되지."

나도 모르게 속내가 부드럽게 녹아버린다.

만약 애들이 들이닥치면 감당할 수 있을까. 온전히 기
쁜 마음으로 충만한 사랑으로 푸근한 할머니 가슴으로?
천만에. 그럴 리 없다. 시누이들 없이 맞이할 상황이 더
막막하기만 하다. 이런 건 얼마나 연습해야 괜찮아질까.
내 새끼들 자식이면 그게 될까. 참으로 이기적인 감정이
빠르게 스친다.

"후우! 사람 노릇 참 힘들어……."

나는 하던 일을 멈추고 냉동실의 블루베리를 갈아 아이스크림을 만들었다. 애들 입맛에 맞았으면.

어떤 영화

아침에 무심코 채널을 돌리다가 신작 영화를 소개하는 데서 멈췄다.

얼굴이 털에 뒤덮인 여자는 겁에 질려 망설이고 그녀를 무대에 세우려는 남자는 진정 어린 몇마디로 여자를 안심시킨다.

"레티, 모두 당신을 기다려요. 날 믿어요."

그리고 시작되는 환상적인 무대.

「위대한 쇼맨」.

오전에 해야 할 일이 있고 원고도 수정하는 즈음이다.

오후에는 북 카페 오픈에 초대를 받은 터라 여유가 없었지만 나는 앞뒤 재지 않고 이 영화를 보러 갔다. 잠깐 본 장면이 전부일 뿐, 이 영화에 대한 정보라고는 없었다.

사실 정보가 필요하지는 않다. 내가 여행하는 방식이나 영화를 보는 방식은 좀 비슷하다. 무지한 상태로 부딪혀 겪으며 어린애처럼 낯설게 받아들이기. 그 신선함이 나에게 없던 경험을 남기거나 무심한 것들에 반성을 일으키는 데에 나는 일종의 쾌감을 느끼는지도 모른다.

영화는 첫 장면부터 인상적이었다. 가슴을 쿵쿵 울리는 뮤지컬 영화. 음악과 대사와 고전적인 이미지가 한꺼번에 다가들어서 나는 오랜만에 설레며 영화에 빠져들었다.

뒤로 갈수록 영화는 빤한 줄거리로 흘러 몰입도가 떨어졌고, 주인공으로 가장한 감독의 가치관에 의문이 들었고, 음악도 처음의 감동을 유지하기 어려웠다. 심지어 나는 영화를 보면서 엉뚱한 생각에 빠지기도 했다. 그래도 괜찮다. 오래된 추에 매달린 듯한 기억 하나를 당겨주었으니.

나는 인물도 공부도 그저 그런 존재감 없는 아이였다. 애들이 많이 등장하는 학예회 작품에서 대사가 없는 동네 사람들 중 하나로도 뽑히지 못했을 만큼. 반장은 임금을, 부반장은 정의로운 인물을, 부잣집 은아는 주인공 친구를, 노래 잘하는 애는 용감한 군졸 역할을 맡았다. 대사없는 군졸이며 수군거리는 동네 사람들은 분단장이나 선생님 심부름을 하는 애들이 맡았는데 나는 그게 아무렇지도 않았다. 나는 그저 그런 애였으니까. 그래서 애들이 연습하는 장면을 엿보거나 방해하지 않으려고 조심했다.

창극.

아이들을 연습시키는 선생님이 그렇게 말했다. 난생처음 듣는 말이었다. 노래와 춤과 대사를 섞어서 하는 무대 작품. 옛이야기를 선생님이 각색하고 노래까지 만들어 넣고 율동을 지도하셨는데 제목은 「의로운 친구」였다.

시골 학교의 학예회 작품이었으니 의상이며 규모, 실력이 그리 대단하지 않았을 테지만 나로서는 태어나서 처음 겪는 문화 충격이었다. 공부만 가르치던 선생님의 창의력

과 열정이 놀라웠다. 나랑 비슷할 줄 알았던 애들의 숨겨진 재주와 집중력. 노래로 주고받는 대사와 연극적인 행위에 나는 가슴이 설렜고 잠들 때까지 그 장면들을 떠올리곤 했다. 아무도 없는 데서는 등장인물들의 거의 모든 대사를 읊거나 노래 부르며 동작을 흉내 냈다. 나는 임금이 되고 임금의 친구도 되었다. 그렇게 그애들처럼 행복해하고 즐겼다.

극장에 자주 갈 수 없지만 나는 뮤지컬을 좋아한다. 그때 기억 때문이다. 시골 소녀가 행복하게 경험한 놀라운 시간 덕분에. 그때의 선생님과 그 시간은 뭔가에 무조건 빠져들고 싶게 욕구를 불러일으키는 요인이다. "The Great Showman". 오늘 이 제목처럼.

아이에게 놀라운 경험이란 얼마나 소중한지. 거기에는 어른이 있었다. 먼지투성이 아이들을 새로운 세계로 이끌고 전에 없던 것을 갈구하게 만들었던 어른. 이름은 잊었지만 그때의 선생님은 예술가였다.

봄비 오십니다

단단히 마음먹고 잠들었더랬다.

　내일은 뒷산에 가야지. 온갖 핑계로 너무 게을렀잖아.

　그런데 일어나 보니 비가 온다. 봄비님이 오신다.

　나는 느긋하게 추호의 갈등도 없이 커피를 내린다. 밖
에는 가만가만 비가 내리고 나는 아들에게 문자를 보내며
커피가 내려지기를 기다렸다. 라디오 FM 버튼을 누르고.

　어머나.

　음악 프로그램 진행자 강석우 씨가 나지막하게 낭송하
는 한 줄 문장.

"중학생이 되는 아들의 입학식에 갔었다."

가슴이 파르르 떨렸다.

2017년에 출간한 에세이 『가끔, 오늘이 참 놀라워서』의 맨 앞에 실린 첫 문장이다. 중간을 생략하고 앞과 뒤를 붙였어도 다소 길다 싶은 내용을 진행자가 음악을 배경으로 수를 놓듯이 읽어나갔다.

커피 잔을 두 손으로 들고 앉아서 나는 떨리는 가슴으로 내가 쓴 글을 만났다. 거기에 실린 내 그림과 그걸 쓰고 싶게 만들었던 아들의 추운 입학식 장면과 내 문장이 물결처럼 떠오르는 아침. 괜찮아, 괜찮을 거야, 하면서 다독여야 할 만큼 뒤숭숭한 나날이 따뜻하게 감싸 안기는 시간. 저 글이 어떻게 저기까지 갔을까. 놀랍기만 한 시간.

어제 남편이 감자를 심었다. 지난번 비에 땅이 젖어서 갈아엎기가 어려울 거라고 걱정하더니 씨감자 싹이 너무 자라는 데다가 시기를 놓칠 수 없다며 무리를 했었다.

어제는 녹초가 된 남편이 안쓰러웠지만 자고 일어나더

니 거뜬히 기운을 차려서 다행이라고 생각했었다. 감자 넣은 뒤 비까지 와주니 얼마나 다행이냐. 참 고맙다 싶었다. 그런데 이 아침에 이런 선물이 또 온다.

다른 이의 목소리로 듣는 나의 글. 이런 기분이구나. 글이 이미지로 살아나는 순간. 이 시간을 공유하는 사람들이 많은지 진행자는 낭송에 대한 사람들의 반응도 잠시 들려주었다. 그들은 그들이 아는 아버지에 대해 떠올렸던 모양이다. 내가 그랬듯.

참 오래 아버지를 잊고 지냈다. 오늘 그 아버지가 내게 오셨다. 봄비와 함께.

강석우 씨가 작가에게 고맙다고 하는데, 아니다. 내가 고맙다. 참 고맙다.

아버지 돌아가시던 그날도 이렇게 비가 왔었다. 다시 한번 봄을 볼 수 있을까, 말씀하시면서도 비가 와서 참 좋다. 나 살았던 부끄러운 자리 다 지워지게 비가 오는구나, 하셨던 아버지가 봄비가 되어 오늘 나에게 오신다.

고맙습니다. 이 귀한 아침.

○

참 오래 아버지를 잊고 지냈다.

오늘 그 아버지가 내게 오셨다.

봄비와 함께.

윗집 소리

아직 오전.

윗집에서 피아노 치는 소리가 난다. 모르는 곡이다. 뭔들 내가 알까.

건반을 두드려본 적이 없는 나로서는 부러울 따름이다. 듣기가 좋다.

새벽 6시쯤.

윗집에서는 러닝머신을 타는 소리도 한참 났더랬다. 꽤 오랜만이었다. 잠이 덜 깬 상태에서 그 소리는 때때로 저벅저벅 나를 밟는 것처럼 느껴지기도 한다. 신경이 예민할 때는 아침잠을 설치고 어둠속을 응시할 수밖에 없었다.

작년엔가 한번, 엘리베이터에서 버튼 누르는 할머니와 이야기를 나눈 적이 있다. 노인이 13층을 눌러서 내가 먼저 말을 걸었다.

"우리 윗집 사시네요."

"아래층 사시나요?"

웃는 그에게 나는 용기를 좀 냈다.

"혹시 아침에 러닝머신 하세요?"

그는 화들짝 놀라며,

"어머나! 들리나요?"

어찌나 당황하시던지. 미안할 지경이었다.

"아, 네. 6시쯤에 운동하시나 봐요."

이튿날부터 한동안 그 소리가 들리지 않았다. 내가 너무 예민하게 굴었나 싶기도 했고. 층간 소음 문제로 인한 사건이 심심찮게 뉴스에 나오는지라 걱정도 좀 됐지만 어쨌든 새벽잠을 설치지 않게 된 건 다행이었다. 그렇게 내

내 잊고 있었는데 오늘 아침에 또 그 소리가 저벅저벅 나를 찾아왔다.

노인네. 여전하시네.

이상한 안도감.

저 피아노는 누가 치는 걸까. 잘 모르지만, 식구가 많지 않은 집이다. 약국을 운영하는 집이라고 건너 들은 적이 있다. 그러고 보니 요 시간쯤 피아노 치는 소리를 종종 들었던 것 같다. 오래 치지도 않고 서투르지도 않다. 이른 아침에 러닝머신. 오전에 피아노 연습. 바깥 어르신이 먼저 약국에 나가시고 할머니는 저렇게 개인 시간을 좀 즐기다 나가시는 걸까. 멋대로 상상하는데 슬며시 웃음이 난다.

피아노 치는 할머니라. 어쩌면 할아버지일지도.

아무튼 꽤나 규칙적인 위층 사람들의 생활 패턴. 그들의 건재함을 이렇게 확인한다. 나는 그들을 모르지만 그렇게 사는 노인들이 거기 있다는 걸 느낀다. 아직도 저렇게 규칙적으로 자신을 증명할 수 있는 사람들이라 다행이다. 내가 모르는 사람들이지만 진심으로 안심이 된다. 나도 오늘 하루 잘해봐야지.

신용 부적격자

정기 강연이 있는 날이라 먼저 은행에 들르자면 서둘러야
했다.

　주민등록등본. 건강보험자격득실 확인서. 소득금액증
명원.

　세가지 서류를 다시 확인했다. 지난주에 은행 직원이
요청한 서류. 만기가 된 마이너스 통장을 연장하는 데 꼭
필요하다고 하여 일부러 시간을 내서 국민건강보험공단,
세무서, 주민센터를 일일이 돌아다니며 챙긴 서류였다.

　마이너스 통장을 만들기는 했으나 일종의 보험일 뿐 그

동안 사용한 적은 없었고 앞으로도 그러기를 바라고 있다. 돈이 급할 경우를 대비하자면 필요하다는 서류는 되도록 빨리 해줘야 했는데 시간을 쪼개서 여기저기 다니느라 좀 늦었다.

창구의 직원이 내 서류를 꼼꼼하게 확인했다. 지난주에 이걸 가져오라고 한 직원은 자리를 비운 상태였으나 담당 직원이 바뀌었다고 해서 문제가 될 거라는 생각은 하지 않았다. 그런데 문제가 생겼다. 내가 신용을 확인할 수 없는 사람이란다. 그러니까 신용 부적격자.

가져오라는 서류를 다 챙겨 갔건만 그것만으로는 나를 신용하기 어렵단다. 아니, 내가 그런 자격이 못 되는 사람이란다. 이 은행 거래를 삼십년 가까이 했고, 얼마 안되지만 예금도 있는데 말이다.

신용 불량자와 내가 뭐가 다를까. 기관에서 이런 서류를 문제없이 뗄 수 있고, 원천징수 외에 종합소득세도 잘 내고, 지역 건강보험료도 상당 액수를 감당하고, 두어번 해봤을 뿐이지만 신용 조회 등급도 꽤나 높은데.

직원이 물었다.

"소득이 높으신데 죄송하지만, 무슨 일을 하세요?"

"저작권자인데요."

"아."

그가 누군가와 통화를 했다. 그러더니 다시 확인해주었다.

재직 증명서가 없으니 자기네 은행에서 나를 신용할 수 없다고. 그러고 보니 이 통장을 만들 때 나는 대학의 시간강사였다.

웃음이 나왔다. 국가기관에서 증명하는 서류를 보고도 그런 결론이라니. 이 은행과 거래를 끊어도 상관없지만 모멸감에 기분이 상했다. 그렇다고 따지고 싶지도 않았다. 은행의 기준이 어이없고 한심하다는 생각이 들어서.

사업하는 지인이 했던 말이 떠올랐다. 은행 신용은 대출도 꽉꽉 해야 올라간다고. 열심히 경제활동 하고, 분수에 맞게 지출하고, 조금씩 저축해서 목돈 만들고, 남의 돈 쓰기를 범 보듯 하는 이런 사람은 은행의 기준으로는 영

가치가 없는 모양이다. 하긴, 은행이라는 데가 돈놀이하는 데지.

엄연한 사회인이고, 세금 꼬박꼬박 내고, 금전 사고 없이 살고 있는 나의 존재감이라는 게 이렇게 하찮다니 우스울 따름이다. 제대로 살고 있다고 믿은 게 순전히 착각이 아니었나 싶기도 하고. 작가는 신용카드 만들기도 어렵다던 대학 동기의 말이 새삼 쓸쓸하게 떠오른다.

생각지도 못한 확인.

신용 부적격자.

참 열심히 살았건만.

이 사회에서 나에게 내린 결론이다.

그때 처음 비로소 나는 기뻤다

동네를 빠져나오다가 남편이 불쑥 한숨을 쉬었다.

"그 사람도 참……. 이장한테 하소연하더라고. 면에 애들 장학금 좀 알아봐 달라고."

이제 사십대라니 농촌에서는 젊은이라고 할 어떤 남자 이야기였다.

그는 귀농했고, 아내는 집을 나가버렸단다. 고등학교에 다니는 딸이 둘인데, 큰애는 특성화 고등학교에서 적성 때문에 힘들어하고 작은애는 사춘기를 지독하게 겪는 중이라고 했다. 사실 이런 소리는 표면적인 이유일 뿐, 귀농

한 남자의 하소연에는 생활비가 꾸준히 나올 리 없는 농촌 현실의 어려움이 고스란히 들어 있었다.

나도 모르게 즉각 반응했다. 오래된 체증이 툭 건드려지는 걸 느끼며.

"빨리 알아봐 줘. 얼마나 막막하면 그런 하소연을 다 해. 아이 하나 키우는 데 동네가 필요하다고 하잖아. 걔들도 뭐가 될지 모르는데, 젊은 사람 박대하면 안 돼."

나도 모르게 짜증을 내고 있었다.

남편이 뜨악한 눈길로 나를 살폈고, 나도 내가 본질에서 벗어난 소리까지 하며 과민 반응 하고 있다는 걸 알았다. 하필이면 그 남자의 사연에 나를 들키고 말았던 것이다.

대학원도 다니고 작가까지 됐건만 내면에 그 앙금이 아직도 남아 있었다니.

심장을 무겁게 눌러 숨쉬기도 답답하던 십대의 절망감. 그때 나는 나의 미래를 상상할 수 없었다. 아니, 상상은 해도 가당치 않다는 걸 깨닫고 눈을 감아야만 했다. 나의 내면은 늘 어두웠고 막막했고 사방이 벽이었다.

솔직히 짜증이 났다. 다른 것도 아니고 애들 학자금이다. 국민소득 3만불 시대가 아닌가. 대학교도 아니고 고등학교 학비. 돈이 없어서 내가 중학교 문턱에서 좌절했던 70년대에나 나올 소리였다.

이런 걱정은 올림픽으로 국가 위상이 높아진 양 떠들던 시대에 끝났어야 한다. 문민정부를 거치고 어려운 나라에 지원까지 하는 마당에 들을 소리가 아니다. 내가 70년대에 겪은 어려움을 사십년이나 지난 지금도 겪는 애들이 있다는 사실에 화가 났다. 이 문제는 몇몇 개인이나 민간단체의 지원 차원이 아니라 엄연히 국가가 해결할 몫이란 말이다.

어느 시대에나 집안 문제는 있다. 청소년기 아이들은 진로 문제로 갈등한다. 사춘기라는 병은 치유법이 따로 없고 가난 문제를 가장의 무능력으로 치부할 수도 있다. 그러나 어떤 경우든 돈 걱정으로 학업이 위기를 겪어서는 안 된다. 적어도 아이들의 미래를 운운하는 21세기 대한 민국에서는. 출산율을 걱정하고 비만 지수를 체크하고 국민의 눈과 귀를 점령한 TV 채널이 온통 먹는 입을 클로즈업하고 소비를 자극하는 나라가 아닌가.

"나는 주인집 양동이를 빌려서 펌프가 있는 집으로 날마다 물을 길러 가야 했어. 그때 그 집 아저씨가 나한테 왜 그런 소리를 했는지 몰라. 그 뻔하고 무책임하게만 느껴지던 소리. 젊어 고생은 사서도 한다, 잘될 테니 걱정마라."

남편에게 처음으로 이 말을 꺼냈다.

저절로 한숨이 나오고 슬픔이 느껴지는 나의 십대 기억. 친구들이 학교에 가 있는 시간에 나는 식구들을 위해 남의 집으로 물을 길러 갔다. 그리고 이런 소리를 들었다.

나는 잠자코 다른 데를 볼 만큼 내가 부끄러웠다. 내가 돌덩이처럼 무거웠다. 생각해보니 구호단체가 기금을 호소하며 내보내는 TV 속 아프리카 아이들 모습이 바로 나였다. 내 몸 깊은 곳에 여전히 남아 있는, 벗어났다고 믿었던 그 절망감이 그리 오래전 일도 아닌 것 같아서 참 이상하다. 아이가 행복해야 할 이유란 바로 이런 게 아닐까.

나의 맨 처음이자 무엇보다 앞서는 기쁨을 꼽자면 나 스스로 절망적 상황에서 빠져나온 사건이라고 하겠다. 검정고시 합격. 그 통지서를 받고 비로소 나는 무거운 숨을 토해냈다.

"이제 됐다!"

꽉 막힌 벽에 문이 하나 열리던 순간, 나는 새가 되었다. 뭐든 상상해도 좋았고, 시작할 수 있었고, 웃을 수 있었고, 밝은 데로 나다닐 수 있었고, 친구도 사귈 수 있었다.

나에게는 "젊어 고생은 사서도 한다, 잘될 테니 걱정 마라"라고 말해준 어떤 어른이 있었다. 그 뻔하고 부담스럽기만 하던 말은 그 아저씨가 나에게 줄 수 있는 유일한 마음이었을 것이다.

그 말은 내 짐이 되었고, 내 문제는 내가 해결할 수밖에 없었다. 내 인생은 내가 끝없이 문을 열어나가는 과정임을 그렇게 깨달은 것이다. 어려움을 호소한 두 딸의 아버지도 혹시 도움을 줄 수 있는 어떤 정책도 그 아이들을 도

맡을 수는 없다. 그러나 주저앉지 않게 겨드랑이를 받쳐

줄 수는 있다.

3부

이방인일 때
다가오는 것들

지금 나는

—고요하다 이상할 만큼

지인의 문자메시지가 마음에 가라앉았다.

정기적으로 만나며 일상적인 소통까지 하는 작가들인데, 친숙한 그들의 속내가 덤덤히 침잠하는 듯하다. 어떤 감정도 건드리지 못하고 그저 조용히.

이번 새해는 아등바등 살아내고 있다는 말이 맞을 정도입니다.

감기로 병원 다니느라 애면글면 살고 있어요.

빈둥빈둥 놀 필요가 있는데 그걸 못해요.

뭔가 해야 한다는 강박증이 있는 것 같아요. 평생 바지런하게 살았던 친정엄마 영향인가봐요.

쉬어도 절대 편하지 않아요.

무기력증에 빠져서 글쓰기는커녕 책 읽는 것, 취미 활동도 싫어요.

뉴질랜드에 놀러 왔는데 즐겁지가 않네요.

내 속에 충격 방지용 코팅이라도 둘러졌나. 우울하기 짝이 없는 이 고백들에 어쩌면 이렇게 무덤덤할까. 남의 일이라서? 나보다 어른들이라는 생각 때문에? 그런 말씀을 자주 하던 분들이라?
아니다. 아니라는 걸 내가 안다.

나도 그랬다. 나도 똑같은 증상을 남에게 털어놓았고, 실제로 불안해했고, 어떻게 쉬어야 할지 몰랐고, 깊이 잠들지 못했고, 늘 뭔가를 계획하고 확인하느라 스스로를 볶았다. 여행도 일처럼. 떠나면서부터 돌아와 할 일을 계획하고, 다이어리를 체크해야 안심했다.

이렇게 고요하고 감정 기복이 없으니 좀 바보가 된 것 같기는 하다. 웃음도 난다. 나 왜 이러지? 너무 태평하잖아. 인세 소식도 없고, 같이 일하자는 사람도 없고, 원고 청탁도 없는데.

이유가 있다면 아마도 석달간의 해외 체류.

밤이 너무 길었던 스톡홀름에서 혼자 지냈던 시간. 나의 세상이 아니었던 그곳에서 나는 아주 단순하고 사소한 일상에 충실했다. 푹 자고, 얼마 안되는 재료로 가능한 음식을 만들어 먹으며 감탄하고, 며칠에 하나쯤 색연필로 소품을 그리고, 짧은 일기를 쓰거나 그나마도 하지 않거나. 음악을 실컷 듣고, 어쩌다 만나는 사람에게 집중하고. 많이 웃고.

어쩌면 그 시간 동안 나는 물리적으로 어쩔 수 없는 것들을 인정하고 그만둬야 하는 것들을 놓아버리는 법을 깨달았는지도 모르겠다.

스스로 유폐된 석달 동안 나는 피부가 거칠어지고 배가 좀더 나오고 머리카락이 푸석해지고 흰 머리카락이 눈에 띄게 드러나고 시력이 더 나빠지고 잠이 늘었다. 좀 단순해진 것도 같다. 은행 잔고도 헷갈리니 나사가 몇개 빠져서 돌아왔다고 해야 할까. 그런데도 심각하지가 않다. 아직은 그렇다. 참 이상하게도.

나의 내면이 매끄러워졌다는 걸 알겠다. 부정교합도 아닌데 나는 뭘 먹다가 자주 혀를 깨물곤 했다. 그러면 영락없이 구내염으로 번져 엔간히 고생을 했는데 그 증상이 없어진 것만 봐도 내구성이 좋아진 듯하다. 상처가 유야무야 낫는 걸 보면.

스톡홀름에서 처음 한달이 얼마나 괴로웠는지 모른다. 고독도 추위도 견디기 어려웠다. 밤은 왜 그렇게도 길고 막막하던지! 그러나 차츰 괜찮아졌고 나중에는 돌아오게 됐다는 사실만으로도 살맛이 났다.

나는 유배를 끝내고 나의 세상으로 돌아왔다. 아무 때라도 미용실에 갈 수 있고, 만날 친구가 있고, 묻지 않고 찾아갈 수 있는 곳, 영화관, 시장, 은행, 나의 일이 있는 곳으로 돌아왔다. 그것만으로도 행복하다.

조급하지 않다. 지금 충분하니까.

미세먼지 가득한 인천공항에 초췌한 몰골로 도착했을 때 가장 먼저 이런 생각이 들었다.

광화문을 천천히 걸어보고 싶다.

혼자서.

천천히.

내 발로.

。

작가의 시간을 새겨가는 나의 부분.

혼자일 때마다 조용히 느껴보는 손톱의 기억.

따뜻하고 살굿빛이 도는 나의 상징.

참으로 고맙다.

익숙한 길의 왼쪽

나의 오른쪽이 망가졌다.

오래된 고질병 목 디스크가 재발한 게 아닌가 싶다. 처음에는 어깨가 미칠 것처럼 뻐근하더니 통증이 목으로 올라가고 저림 증상이 팔뚝 밑으로 퍼지고 나중에는 손목까지 저릿저릿. 괴로워서 누워 있다보면 오른손을 못에다 걸어놓고 싶을 지경이 되었다.

다리 많은 벌레가 스윽 지나가기에 본능적으로 가격한 후유증인가. 벌레는 잡지도 못하고 팔만 이 모양 되었으니 미물의 생명도 귀하다는 말씀을 저버린 인간성에 대한 일침인가.

어쩌면 완두콩 때문인지도 모르겠다. 엊그제 남편이 감자밭 옆에 갈아엎은 두둑이 좀 남았다면서 완두콩을 심자고 했다. 그때 두둑을 씌우는 비닐을 붙잡아주며 엉거주춤한 자세로 뒷걸음질을 쳤는데 이틀 전 내린 비로 고랑이 질었고 장화가 푹푹 빠져서 용을 써야만 했다. 그때 목을 삐끗한 것 같기도 한데, 걱정해주는 남편이 자책할까봐 이 혐의는 함구했다.

오른쪽 회전근개 힘줄 파열로 몇달 동안 통증의학과를 찾아다닌 게 불과 작년 일이다. 그때 너무 많은 약을 처방받고 주사를 맞은 터라 병원에 가고 싶지 않았으나 그냥 나을 것 같지 않아서 이번에는 한의원 침에 의존해보기로 했다.

증상은 개미 오줌만큼씩 호전되는 중인데, 나의 오른쪽은 그야말로 전쟁에라도 나갔다 온 꼴이다. 매번 서른개 가까이 꽂는 침 자국은 흔적도 없다. 부항 자국에 사혈 흔적. 멍이 사라지기도 전에 또 멍.

마우스조차 까딱거릴 수 없으니 작업 중단.

그리스에서 요청한 잡지 『블루』의 짧은 글귀도 써줄 수가 없었다.

『내가 김소연진아일 동안』 머리말도 기일 내 써주기는 영 글렀다.

수업 원고를 검토하는 일도 고역. 간단한 이메일에 답도 어렵다.

『엑시트』 교정지는 받은 상태 그대로 탁자에 방치.

이 모든 게 오른쪽의 기능이었던 것이다.

나는 왜 오른쪽을 이리 혹사했을까.

오른손 검지는 어렸을 때 생인손을 앓아 굵고 못생겼다. 왼손보다 가지런하지 못해 사람들 앞에서는 슬그머니 감추게 되는 손. 늘 오른쪽 어깨가 아팠다. 오른쪽 종아리가 더 잘 뭉쳤고 오른쪽 가슴이 더 처졌고 오른쪽 어금니 상태도 나쁘다. 이 나이 먹도록 할 줄 아는 게 글 쓰는 노릇뿐이니 아마도 이 또한 불균형의 결과가 아닐까. 이제야 참 미안하다. 나의 오른쪽.

마우스를 왼손으로 까딱거려보는데 영 어렵다. 고작 손가락으로 누르는 간단한 짓이 참 안 된다. 어쩌자고 나는 왼손을 이렇게 등한시했을까. 이 나이가 되도록 오른손잡이로 살면서 내 몸의 불균형이 자연스러운 줄 착각했다는 사실을 이제야 깨닫는다. 치과 의사가 그랬다. 한쪽으로만 씹지 마세요. 등산 갈 때 동생이 뒤에서 배낭을 자꾸 삐뚤게 멘다고 잔소리한 적도 있다. 똑바로 걷는 것 같은데도 내 신발 축은 늘 다른 모양으로 닳는다. 몸의 불균형을 알 수 있는 증거들.

스톡홀름에 머무는 동안 유르고르덴에 자주 산책을 나갔다. 숲을 좋아하고 교통도 편리해서 심심할 때마다 가곤 했는데 늘 같은 길을 다니는 게 어느날 싫증이 났다. 변덕이라도 난 듯 갑자기 너무나 빤하고 익숙한 그 길이 싫어졌다. 관광객이 넘치는 길. 길 끝에 뭐가 있는지 알고 이웃집 담장처럼 느껴지는 스칸센. 노르딕 박물관. 유진 왕자 갤러리로 이어지는 호숫가가 지루했다.

오른쪽 길을 버리고 왼쪽 길로 처음 들어섰을 때 생경

하게 눈에 잡히던 풍경. 풍요로운 강을 끼고 숲길을 따라 걷는 동안 조깅 하는 현지인과 가끔 마주쳤을 뿐 사람을 보지 못했다. 말을 타고 숲속으로 들어가는 사람을 볼 때는 비현실적인 느낌마저 들었다. 11월의 깊은 가을 숲. 너무나 깊은 아름다움으로 조용히 움직이는 숲에서 나는 심호흡했고 진심으로 기뻤다.

그곳에서 어쩌다 마주치는 사람들은 괜한 두려움을 안겼다. 그들도 나를 경계하며 지나쳤고 나 역시 의심을 안고 지나쳤다. 익숙하지 않은 것들이 주는 두려움은 온몸의 감각을 깨울 수밖에 없다. 낯선 길과 타인에 대한 경계심은 내가 어린애처럼 세상을 보고 작은 것도 기쁘게 관찰하도록 해주었다. 늘 다니던 익숙한 길의 왼쪽에 이런 세상이 있었구나. 왜 나는 한가지 길밖에 몰랐을까. 익숙하고 편리한 게 전부가 아닌 줄 그때 이미 알았으면서 나의 오른쪽이 무너지고 있는 줄은 이렇게 몰랐다니.

오른손잡이로 너무 오래 살았다. 이제부터는 왼쪽의 삶에 무엇이 있는지 봐야겠다. 서툴고 느리고 두렵고 어색

할 테지만 왼쪽 길에도 역시 도전할 만한 뭔가가 있지 않겠나.

아이셰

한국 · 터키 수교 60주년을 기념하는 행사에 초대를 받았다. 국립중앙도서관과 앙카라 중앙도서관이 진행하는 이 주요 행사에 초대받은 한 사람을 위해 도서관 직원들과 통역이 동행을 해주었다.

얼마 전 테러 사건이 벌어지고, 김 군으로 알려진 한국 청소년이 테러 집단으로 넘어간 가능성이 보도된 일도 있었던지라 터키 출장 소식은 지인들을 걱정시켰다.

거기 안전할까?

왜 간다고 했어?

조심해.

걱정도 좀 됐지만 처음 해보는 일에 호기심이 더 컸다.

내가 뭐 어떻게 되려고. 뭐든 새로운 걸 접하면 작가로서야 감사할 일이지.

결론부터 말하자면, 아무 일도 없었고 아무렇지도 않았다. 우리가 매스컴을 맹신하는 건 아닐까 싶을 만큼.

터키는 조용하고 평화롭고 곳곳에 훼손되지 않은 역사 유물이 넘쳐났다. 길거리 개와 고양이가 낯선 사람을 피하지 않고 짖지도 않아 참 이상한 기분마저 들었다. 단편적 인상일 테지만 마주치는 사람들이 환하고 친절해서 우리가 이 나라에 대해 너무 몰랐구나, 편견을 갖고 있구나 싶었다. 그렇게 만난 사람들과 공식 일정을 치르다가 아이셰를 만났다.

아이셰는 앙카라 대학 교수가 소개시켜주었다. 내 책을 읽은 학생이고, 나를 무척 만나고 싶어했다고. 아이셰는 큰 눈에 히잡을 쓴 아담한 체구의 여학생이었다. 수수하다는 첫인상. 뚜렷한 이목구비가 예쁘기도 했지만 회녹색의 눈이 묘하게 사람을 끄는 데가 있었다.

"작가님 스타일이 참 좋아요."

스타일.

외국 독자가 우리말을 유창하게 하는 것도 놀라운데 '스타일'이라는 외래어까지 자연스럽게 섞어 쓴다. 작품에 대한 표현이라면 내 성향을 좀 안다는 뜻이 아닌가. 인사 정도 나누는 시간인지라 아이셰는 학교에서 더 긴 이야기를 나누고 싶다고 했다. 그리고 다음 무대에서 우리 민요를 불렀다. 가요도 아니고 K-POP 댄스도 아니고 전통 민요라니.

이튿날 앙카라 대학 한국어학과에서 '작가와의 만남'이 있었다. 오전에 호텔로 온 문화원 직원 투우체가 다소 침울한 표정으로 말했다. 간밤에 할아버지가 돌아가셔서 아이셰가 울면서 고향으로 갔다고. 그리고 편지를 남겼다며 건네주었다. 파란색 잉크로 인쇄된 반쪽짜리 편지였다.

짧지만 틀린 글자 하나 없이 심지어 띄어쓰기도 정확하

게 자기 생각을 풀어놓은 조신한 편지였다. 문장을 통해 우리는 사람을 대강 짐작하곤 한다. 차분하고 생각 깊은 모범생. 문학적이고 내성적인 여학생. 편지에서 그런 게 느껴졌다.

해외 독자로부터 편지를 받은 게 처음은 아니다. 그런데 아이셰의 편지는 그렇게 가슴에 남았는지. 앙카라 대학에서 학생들과 대화를 나누는 내내 그애가 생각났다. 지금 많이 울고 있겠구나.

우리 아버지가 돌아가시면서 찾아올 손님들의 음식을 걱정했던 이야기를 아이셰는 인터넷에서 읽어 알고 있었던 모양이다. 그것을 인용한 문장 뒤에 자기도 할아버지가 손님들을 위해 남긴 음식을 먹게 될 거라고, 인생은 참 짧다고, 언젠가는 나를 다시 만날 수 있다고 믿는다고 적었다.

스물한살 젊은이가, 외국 사람이, 그렇게 표현했다는 게 아직도 놀랍다.

어제 대전에 일이 있어서 다녀오다 아이셰와 카카오톡

메시지를 교환했다. 이 대단한 SNS 세상에 새삼 놀라면서. 할아버지를 잘 보내드렸느냐는 내 안부에 대한 답을 시작으로 우리는 소리 없는 대화를 꽤나 시도했다. 아마도 나는 아이셰의 편지를 오래 간직하게 될 것 같다. 아이셰의 사연과 함께.

* 나는 아이셰를 2017년에 서울에서 다시 만났다. 교환학생으로 온 아이셰와 만나 밥도 먹고 차도 마셨다. 나는 SNS를 통해 아이셰의 사생활을 조금씩 엿보며 한 명민한 젊은 여성이 성장하는 모습을 엄마 같은 마음으로 지켜보고 있다.

빈집

뚜껑을 열어볼까.

말까.

망설이다가 호기심을 접지 못하고 우체통을 살짝 열어
보았다.

남편의 손가락 모양이 분명한 흔적이 빈집 바닥에 남아
있었다. 나도 모르게 후욱 한숨이 쏟아졌다. 사실이구나.

밴쿠버에서 열흘 남짓. 귀국해서 사흘 쉬고 다시 가방
을 챙겨 베를린으로 가야 했다. 베를린 애니메이션 영화제 초청. 젊은이도 아니고, 며칠 사이에 대륙을 이동하며 적응하기란 쉽지가 않았다. 생체 리듬이 뒤엉켜서 내내 감각이 둔했고 행사에 차질이 생길까봐 밤에는 수면제를 먹고서라도 억지로 자야 했다. 똑같은 호텔 조식은 위에 부담이 됐다. 일정을 마치고 긴장이 풀어지자마자 몸이 무너져 내렸다. 좋은 사람들과 기분 좋게 마무리했건만. 이놈의 고질적인 입병. 거기다 감기 몸살까지.

해외 문학 행사 때는 잠시 비는 시간에 지역의 명소를 돌아다니게 된다. 미술관이나 박물관, 주요 기념관 등등. 일정이 짧으니 주최 측에서도 배려 차원으로 여러군데를 소개했고 베를린이니만큼 나도 좀 무리를 했다. 당연히 지친 상태로 무대에 서게 될 줄 짐작했으나 빈 시간 내내 호텔에서 뒹굴 수도 없는 노릇이라 어디로든 가야 했다. 멀쩡히 돌아올 수 없는 게 당연했다.

집에 가면 몸도 마음도 내려놓고 늘어지게 쉬고 싶었다.

짐을 찾아 나오니 잘 보이는 곳에 남편이 있었다. 돌아왔다는 걸 실감하는 순간.

아, 사람의 집은 사람이구나.

다시 한번 깨달았다. 남편은 지인에게 말할 때 나를 집 사람이라 하고 거기에 내가 토를 달아본 적 없지만 남편이야말로 나의 집사람이다. 나는 늘 떠나고 돌아오기를 반복하는 사람. 남편은 텃밭의 푸성귀며 고구마며 복숭아를 참 잘도 키워내는 사람. 내가 떠난 뒤에 느끼는 공허감에 대해 말할 때 남편은 정말 집사람 같았다.

가래로 힘들어하는 나를 보고 위로하듯 남편이 말했다. 어제까지 미세먼지가 심했는데 그래도 오늘은 바람이 불어서 공기가 좋아. 기분 좋은 소식을 들어볼 요량으로 나는 우체통 사정을 물었다.

"새끼 새들이 얼마나 컸어?"

남편은 대답하지 않았다. 왠지 모를 불안을 감지하면서도 나는 재차 물었다. 사실은 나쁜 소리 하지 말라고 재촉하는 심정이었다. 남편은 그저 "으음" 하더니 씁쓸하게 중얼거렸다.

"어미 새가 안 왔어. 너무 조용하다 싶어서 들여다봤더니만……."

안 왔어.

그 말이 심장을 툭 건드리고 말았다.

이번에는 내가 할 말을 잃었다. 갓 부화했다는 문자를 떠날 때 받았는데.

우체통의 새들.

우리 집에 그런 게 있었다.

편지 투입구로 들락거릴 만큼 몸집이 작은 새. 자동차 사이드미러에 비친 게 저인 줄도 모르고 줄기차게 거울을 쪼아대던 어미. 어쩌다 투입구 창이 내려져 밖으로 나올 수 없게 되면 안에서 그 작은 발을 구르며 성깔 부렸던 어미. 남편은 작은 투입구를 열어주며 미안하다고 했단다. 그렇게 박새들은 남편의 손님이자 친구이며 가족이 되었던 것이다.

"안 물어보길 바랐는데……. 한 이틀 안 돌아온 거 같어."

"새끼들이 털은 났었나?"

설마 최악은 아니기를 바라는 마음이었다. 털이라도 났으면 스스로 움직일 수 있지 않았을까. 그러면 어미 없더라도 홀로 설 가능성이 있지 않았을까. 먼저 부화한 새끼는 좀더 일찍 몸집이 커지고 강한 게 보통이니까.

"내가 뭘 잘못했나봐. 내 울타리 안에서 뭐가 죽으니까 마음이 참 안 좋더라고. 여덟마리 다 부화했는데."

남편의 말에는 자책이 엉겨 있었다. 이럴 때 보면 확실히 남편은 나보다 다정한 면이 많다.

"며칠만 뒤에 물어봐 줬으면 했어. 그럼 다 커서 날아갔다고 할 생각이었는데. 당신이 우울할 테니까."

가끔 나는 남편이 글을 썼더라면, 생각한다. 상대방 심리를 잘 읽어내고, 상상력이며 표현하는 정서가 나보다 나은 경우가 많아서 말이다. 이 사람한테는 거짓말이 통하지 않는다. 관심사가 생기면 끝을 보는 데다가 기억력도 좋다.

"박새는 복숭아도 안 먹는데."

나는 기어를 쥐고 있는 남편의 손등을 두어번 토닥여주었다.

왜 하필.

귀국에 맞춰 출간하기로 한 소설 주인공 장미가 떠올랐다. 어미의 보호를 받지 못해 사는 게 팍팍했던 열일곱살 미혼모. 어미를 기다리던 새끼 새나 장미나 매한가지였다. 장미는 살아남았고 새끼 새는 죽었다. 그러나 목숨이 붙어 있다고 진정 살았다고 할 수 있나. 날마다 한계 상황을 겪으며 죽음을 마주하는 삶이라면.

도대체 그 작은 박새 어미에게 무슨 일이 있었을까. 피치 못할 공격을 받은 게 아니라면 어린 새끼들을 그렇게 방치할 어미가 아닌데. 그 작은 몸뚱이를 사냥할 적이 도대체 누구였을까.

집배원에게는 우체통에 편지를 넣지 말아달라고 말해둔 터였다. 당분간 여기에는 아주 얇은 편지 하나 꽂히지 않을 것이다. 새끼 새들의 죽음을 애도할 시간이 필요하다. 여덟마리의 죽음을 치른 남편의 안타까운 손자국도 잠시 그냥 두기로 한다.

새로운 삶은 죽음을 딛고 서는 법. 확실치 않지만, 우리는 작년에 태어난 새끼가 자라서 우체통을 찾아왔다고 이미 이야기를 나눈 터였다. 여기가 어쩌면 고향일지 모른다고.

내년에도 우리 우체통에 기적이 일어날까.

。

보고 싶어요. 너무 오래 못 봐서.

아. 그렇게 말하는 거였구나.

보고 싶으면 보고 싶다고.

너무 오래 못 봐서 그렇다고.

낯선 도시에서
— 부쿠레슈티

빈에서 사흘 동안 한국학과 교수들의 세미나가 있었다.
나와 상관이 없는 행사라 굳이 갈 자리가 아니었는데 지
인이 뒤풀이에 데려가는 바람에 엉거주춤 여러 나라의 교
수들과 인사를 나누게 되었다.

참석자들은 한국 문학을 번역하는 과정의 어려움이나
한국 작가에 대해 이야기했고, 한국학과와 연계된 우리
기관의 정보를 교환하기도 했다. 어떤 사람이 70년대에
북한에서 지원받은 이야기를 할 때는 비현실적 기분마저
들었다.

우리에게는 멀고도 먼 북한 이야기가 자연스러운 사람들이었다. 슬로바키아 방문 때 교수실에 꽂혀 있던 책들이 김일성 전기나 북한에서 나온 전래동화였던 걸 생각해보면 이상한 일도 아니었다. 나는 그들의 대화에 귀를 기울일 뿐 끼어들 처지가 아니었다. 영어나 독일어로 나누는 대화가 제대로 들리지 않을뿐더러 한국어 대화조차 흥미를 끄는 게 아니라서 눈치껏 일어날 참이었다.

낌새를 알아챘는지 스톡홀름 대학의 소냐 교수가 말을 걸어왔다. 한국으로 돌아가기 전에 스톡홀름 대학에 특강을 와줄 수 있는지. 오스트리아에서 스웨덴으로 가야 한다는 게 처음에는 걱정스러웠다. 스웨덴에서 책이 출간되기 전이라 특강이 가능할지 염려가 되었고, 거기까지 혼자 갈 수 있을지 두렵고, 하루 만에 다녀올 거리가 아니니비용도 걱정이었다.

며칠 뒤에 루마니아의 부쿠레슈티 대학에서 메일로 강연 요청이 또 들어왔다. 세미나 때는 인사를 나눈 적이 없던 교수의 연락이었다. 루마니아는 유로존이 아니라서 환

전도 해야 하고 입국 절차도 필요하다. 이동에 걱정이 되면서도 호기심이 발동해서 승낙을 했다. 소냐 교수의 요청을 거절하면 부쿠레슈티 대학에도 못 갈 듯했다. 용기가 필요했다.

안 그래도 아쉽던 입양인 취재. 빈에서는 한계를 느끼던 이 문제를 해결할 수 있겠다는 계산으로 스웨덴 행을 감행했다. 제사보다 젯밥에 관심이 컸던 셈. 결국 특강을 핑계로 입양인 취재를 하게 되었다. 입양인들과의 자리가 주어지고 여러 경우의 사연을 알게 됐지만 소통에 어려움이 커서 기대만큼 성과를 얻었다고 할 수는 없다. 그러나 이를 계기로 스웨덴과 인연이 많아졌으니 소냐 교수의 특강 제안을 받아들인 건 잘한 일이었다.

부쿠레슈티 방문은 색다른 경험일 뿐 문학 행사로서의 성과는 말하기도 어려울 정도라고 해야겠다. 학생들이 작가는 물론 작품에 대해서도 아는 게 없었으니. 담당 교수에게 특별히 계획이 있는 것 같지도 않았다. 오라고만 했지 어떤 제안도 하지 않았으니까. 그저 학생들에게 한국 작가를 소개시켜주고 싶었던 게 아닐까 싶을 만큼 아무 준비도 없었다. 나 역시 별 부담 느끼지 않았다. 이런 상황을 밝히고 진행해도 되니까. 그게 억지스러움이나 거짓말보다 나으니까.

그날 특강의 빈약한 성과는 별다른 기억이 없는 것만으로도 설명이 된다. 그럼에도 루마니아 방문을 인상적으로 기억하는 건 젊은이들과의 대화 때문이다.

그들은 한국 문화에 대단히 매료된 듯했다. 내 책을 가지고 뭘 했어도 이들이 한국 드라마나 음식에 갖는 관심을 이기지 못했을 것이다. 우리와 전혀 겹치는 부분이 없을 것 같은 젊은이들이 서툴게라도 기어이 우리말을 한다. 김치와 냉면 이야기를 하고 드라마 주인공 이름을 줄줄이 댄다.

아침에 침대에서 느낀 생경스러움이 학생들로 인해 되살아났다. 비몽사몽간에 들려왔던 우리말. 여기는 루마니아인데. 누군가의 대화가 이렇게 잘 들릴 리 없잖아. 그런데 분명히 익숙한 대화가 들려왔다. 방음 시원찮은 옆방

소리.

착각이라 생각하고 음소거를 위해 TV를 켰다. 볼륨을 높여서 이리저리 채널을 돌리다가 나는 눈을 깜빡였다. 우리 드라마다. 우리말 그대로 방송되고 하단에 루마니아 문자인가 싶은 자막이 붙어 있다. 나는 본 적이 없는 작품이지만 내가 아는 얼굴들이 내가 아는 언어를 하고 있는 게 얼마나 이상하던지. 루마니아 호텔 방에서.

잘해야 스물다섯 안팎으로 보이는 젊은이들이 말했다.

한국 드라마에서 한국어 배워요. 음식, 패션, 가족관계, 풍습, 유행어, 집안 인테리어 다 볼 수 있어요. 한국에 꼭 가볼 거예요. 냉면이랑 불고기 꼭 먹어볼 거예요. 여기서는 너무 비싸서 못 먹어요.

여기까지만 해도 호기심 많은 젊은이들이라 여겨 흐뭇했다. 그러나 그게 전부가 아니었다.

한국 가서 경험 쌓고 한국 기업에 들어갈 거예요.

여기까지 생각하고 있었던 것이다. 이들은 그저 한국 문화가 좋아서 즐기는 차원이 아니라 직업과 미래까지 그리고 있었다.

유럽 공항에서 도시로 들어갈 때면 으레 보이던 우리 기업 간판이 이들에게 어떤 희망이 되고 있다는 사실은 참 이상한 기분을 남겼다. 한국 문화에 대한 외국 젊은이들의 관심이 오로지 K-POP뿐인 양 집중 보도하는 국내 매체의 현상은 이럴 때 좀 씁쓸하다. 이렇게 다양한 소리를 그냥 흘려버리지 말고, 이쪽에서의 일방적인 흐름을 때로는 저쪽에서부터 생각할 때가 되지 않았나. 역발상을 통한 창의적인 도전 말이다. 그게 어떤 방식이라야 노둣돌이 될까. 이는 작가인 내 고민이기도 하다.

소피아 학교에서

마지막 일정을 앞두고 대사관에 탁자를 돌려보냈다.

아파트에 책상이 없다는 걸 알고 아쉬운 대로 쓰라며 공사님이 보내주셨던 탁자. 고작 석달인데. 아까운 뭔가를 빼낸 듯 마음 한쪽이 휑하다. 밤새 눈 내린 길을 따라서 차가 모퉁이를 돌아 떠나고 바퀴자국만 남은 쓸쓸함이라니. 덕분에 허리 펴고 원고도 쓰고 뜨거운 찻잔도 올려놓고 색연필 잔뜩 늘어놓고 색칠놀이도 했는데.

이제 정말 돌아가는구나.

마지막 일정만 남아 있었다.

소피아 학교 강연은 여기에서 가르치는 선생님의 부탁으로 생긴 일이었다. 2015년에 스톡홀름 국제도서관 초청을 받았을 때 몇가지 문학 행사를 하면서 그를 알게 되었다. 도서관에 찾아온 아이들과 만나는 자리에서 통역을 맡아주신 분이었는데 그때도 그는 예정에 없던 작은 유치원 방문을 부탁했었다.

이 나라 아이들과 교실에서 만나는 일이야 해볼 만했으나 행사에 대한 설명을 듣자 그다지 내키지가 않았다. 그는 12월 단기 방학 전에 내가 방문해주기를 바랐다. 내 책을 낭독해주고 아이들과 대화를 나누면 좋겠다고.

나는 정중히 고개를 저었다. 두해 전에 유치원에서 했던 방식으로 학교에서도 하라니. 공감할 근거도 없이 낯선 아이들과 무슨 이야기를 나누겠나. 어른이라고 처음 대하는 아이들이 쉽겠나. 유치원에서야 어쩔 수 없었지만 학생들인데. 일방적인 소리에 불과한 짓은 한번이면 충분하다.

선생님은 스웨덴 아이들에게 한국 작가를 만나는 기회

자체가 특별한 일이라고 했지만, 기왕에 할 일이라면 나 역시 특별한 경험이라야 하지 않겠나. 내가 이 나라에 올 때는 한국 작가로서의 소임, 혹은 한국 문학을 알리고 공유할 역할을 맡았던 것이니 다섯명을 만나더라도 내 책을 읽은 학생들과의 자리를 갖고 싶다고 했다.

기분 나빠하실까봐 걱정했는데 그는 선뜻 학교 측과 다시 이야기를 나눠보겠다 했다. 그리고 며칠 뒤에 답을 주었다. 어떤 반이 나를 초대하고 싶어한다고. 시기는 단기 방학이 끝난 뒤 새해 초. 반 아이들이 방학 때 번역된 내 책을 읽게 될 거라고 했다. 그는 틈나는 대로 그 반을 찾아가 권정생의 『강아지 똥』과 원유순의 『꿀방귀 똥방귀』까지 스웨덴 말로 번역해 읽어주었단다. 그리고 아이들이 흥미로워하며 작가의 방문을 기대하고 있다는 말씀을 전해주었다.

어찌나 감사하던지! 이게 내가 바라던 변화였다. 제안과 수용. 그리고 변화. 선생님의 긍정적인 노력 덕분에 아이들과 내가 교집합을 가지고 만날 수 있었던 건 확실히

수확이었다. 아이들은 몇마디 한국어를 연습했고, 내 강연 뒤에는 선생님의 기타 연주에 맞춰서 「안녕하세요」라는 노래를 우리말로 불러주었다.

반려동물을 키워본 적 있어요?
어떤 동물을 가장 좋아하세요?
좋아하는 한국 요리와 스웨덴 요리 하나씩 알려주세요.
아이가 있나요?
어떤 도형을 좋아해요?

아이들은 무슨 이야기든 하고 싶어했다.
이날의 모든 게 기억할 만했는데, 그래도 가장 인상적인 일은 교실 뒤쪽에 앉아 있던 선생님 두 분. 나는 이들이 마침 수업이 없어서 찾아온 다른 반 선생님들인 줄 알았다. 한국 작가가 궁금해서 살짝 들어오셨나 보다 짐작했으니까. 그런데 지인의 말은 그렇지가 않았다. 그 반의 보조 교사란다. 그런 분들이 교실에 있다는 건 그 반에 장애를 가진 아이가 있다는 뜻이라고.

장애를 가진 아이가 눈에 띄지 않았기에 고개를 갸웃하니, "눈에 보이지 않는 장애도 있잖아요." 한다.

스무명 안팎 교실에 교사가 셋.

참 많은 생각이 들었다. 뉴스에 참담하게 보도되는 우리 아이들 교실 환경이 떠오르기도 하고. 배려와 존중이 느껴졌다. 이래서 선진국인가.

이번 행사는 내가 뭔가를 해낸 듯해서 조금 뿌듯했던 게 사실이다. 그런데 왠지 뒤통수가 부끄러워 학교를 나오는 동안 자꾸만 뒤를 돌아보게 됐다.

이렇게 또 생각지도 못한 걸 배우고 만난다. 길을 나서면 반드시 얻을 게 있다고 믿었는데 이런 걸 얻을 줄 몰랐다. 작은 아이들의 교실에 보물 같은 감동이 있었다. 감사할 일이다.

어떤 발걸음
— 베를린 애니메이션 영화제

베를린 한국 문화원 연락으로 애니메이션 영화제에 참석하게 되었다. 영화제 주최 측에서 한국 작품 특별 상영 제안이 와서란다.

작품이 영화화 되니 이런 일이 다 생긴다. 「마당을 나온 암탉」 외에 한국 최초의 극장용 애니메이션 「홍길동」 「호피와 차돌바위」 「메밀꽃 필 무렵」 「봄봄」 「운수 좋은 날」 「소나기」도 상영되었다.

닷새 정도의 일정에 행사는 단출했다. 영화 상영 후 관객과의 대화. 영화 평론가와 인터뷰. 책 모임 회원들 대상으로 낭송과 대화 그리고 질의응답. 장소는 바빌론 극장과 문화원 그리고 카페에서 이루어졌다.

밴쿠버에서 돌아와 사흘 쉬고 장거리 비행을 한 탓에 몸 상태가 부실했으나 좋은 자리에서 좋은 사람들과 만나는 일이라 기분이 내내 좋았다. 게다가 숙소도 마음에 들었다. 일부러 골랐나 싶게 호텔 이름도 'Grimm's', 입구도 일러스트로 꾸며졌다. 현관 천장의 커다란 버섯 그림부터 돼지와 젖소 모양의 로비 소파들. 「브레멘 음악대」「헨젤과 그레텔」 등등 독일 동화를 상상할 수 있는 그림이 그려진 벽. 욕실 비누통은 「개구리 왕자」가 붙들고 있다. 피곤에 절어 쓰러져도 기분 좋게 잠들 수 있는 호텔 방.

일정 내내 통역은 한국어가 너무나 자연스러운 이레네 마이어가 맡았고, 『마당을 나온 암탉』 독일어 낭송은 연극배우가, 사회는 『괴물이 똑똑!』의 작가 우테 크라우제가 맡아주었다. 무대가 전문가들로 풍성하게 채워지는 것부터가 마음에 들었다.

전에 함부르크 행사에서도 경험한 바 있는데, 독일은

문학 행사 때 낭송을 위해 꼭 목소리 배우가 섭외된다는 점이 우리와 달랐다. 사회자가 작가인 경우도 처음이 아니다. 행사의 질이 달라지는 준비가 고마울밖에.

참석자 중 나이가 많은 분들은 대개 파독 간호사나 광부였고, 젊은이들은 K-POP에 매료된 학생들 혹은 한국에 대해 공부하는 사람들이었다. 어제 영화를 보고 일부러 찾아온 사람도 있고, 행사가 끝난 뒤에도 이야기를 이어나가고 싶어하는 사람도 있었다. 어떤 여학생이 얼굴을 붉히며 어렵사리 불우했던 가정사를 밝히고 질문하던 모습은 지금 생각해도 마음이 아프다. 베를린에 다시 오면 꼭 자기 집에서 묵으라던 사람도 있었는데 연락처를 받아놓을걸 그랬다.

베를린 한국 문화원에는 교민들과 한국에 관심을 갖고 찾는 사람들, 그리고 문화 체험을 위해 방문하는 현지 학생들을 위한 도서관이 잘 갖추어져 있는 편이었다. 그러나 구비된 어린이책이 너무 오래된 것들이어서 안타까웠다. 전집류가 많고 최근 책들이나 왕성하게 활동하는 작가들 작품이 별로 눈에 띄지 않아서 나는 돌아오자마자 우리 작가들의 책을 모으기 시작했다.

몇몇 출판사와 부산의 한 서점에서 내 뜻을 이해하고 책을 협찬해주어 제법 큰 상자 네개를 배로 부칠 수 있었다. 들기 어려울 거라며 아예 국제우편으로 보내준 출판사도 있었다. 책은 아직도 망망대해에 떠 있으나 머지않아 베를린 사람들을 만날 것이다. 모쪼록 우리 작가와 작품이 그 사회에 알려지는 데 조금이라도 보탬이 되었으면!

옥스퍼드에서

노리치로 가기 전에 런던 소호 호텔에서 『마당을 나온 암탉』 영화 상영 후 관객과 대화를 나누는 자리가 있었다. 옥스퍼드 대학 교수를 지낸 정미령 교수님은 거기서 처음 만났다. 그리고 노리치 체류 두달이 끝나갈 무렵 그분을 다시 만나게 되었다.

노르웨이 여행을 마치고 노리치로 돌아가는 길에 잠시 만나기로 해서 가벼운 차나 마시는 자리겠거니 생각했는데 예상과 달리 교수님에게는 계획이 많았다. 나를 위해 잡은 계획이라고 생각할 수밖에 없는 동선을 듣자 피곤에

찌들었던 몸에 다시 생기가 돌았다.

사실 노르웨이 여행은 나에게 어부지리였다. 서울에서 업무차 온 사람과 런던에서 사업하는 사람이 각자의 자리로 돌아가기 전 일정에 특별히 나를 끼워줬으니. 런던의 사업가는 소호 호텔에서 행사를 진행했던 사람이라 안면이 있기는 했다. 그들은 함께 파리에서 일을 마치며 노르웨이 여행을 계획했고 노리치에 있는 내게 SNS 메시지를 보내 동행 의사를 물었다. 곧 돌아가야 하는 마당에 거절할 이유가 있나.

그들은 파리에서 오슬로로. 나는 노리치에서 기차를 갈아타 오슬로로. 그렇게 노르웨이에서 합류해 베르겐까지 2박 3일 동안 알차게 움직였다. 주머니가 거의 바닥난 사람들의 가난한 여행에 우여곡절이 얼마나 많았는지. 파김치가 되어 옥스퍼드에 들렀고 나는 노리치 행 저녁 기차를 타야 했다.

카페에서 담소 정도를 생각했으므로 나는 근처 블랙웰 서점에 들르자고 했다. 교수님과의 자리가 마련된 줄 몰라서 당연히 빈손이었던지라 선물로 책이라도 사인해드리고 싶어서였다. 동행이 점원을 불러 내 책이 있는지 물을 때 서점 중앙에 진열된 책이 금방 눈에 들어왔다. 두툼한 장르 소설들 옆에서 기특하게 버티고 있는 작고 단정한 하얀색 표지.

작가가 왔다는 것을 알고 서점 직원들이 여기저기서 모여들었다. 그러더니 서점에 있는 내 책을 죄다 가지고 온다. 사인을 해놓고 가란다. 런던 도서전 때도 어떤 서점에서 겪은 일이라 나는 즐거이 사인을 다 해주고 직원과 기념 사진 한장을 남기고 나왔다. 소녀 같은 교수님이 책 하나에 해맑게 웃던 모습이라니.

작가라면 반드시 가야 할 곳이 있다며 교수님이 맨 먼저 안내한 곳은 J.R.R.톨킨의 묘지였다. 내가 영감을 받아야 한다며 묘지를 만져보라고 강요까지 했다. 앨리스의 우물에도 데려가고 의자에도 앉혔다. 나무를 잘라 만든 앨리스의 의자는 이끼는 끼었어도 형태가 건재했다. 이게 실제 인물 앨리스 플레전스 리들이 앉았던 그때 그 의

자일까. 앨리스는 옥스퍼드 대학 학장의 딸이었고 루이스 캐럴의 이야기를 가장 흥미로워했던 아이였단다. 아무튼 우리의 오후 한때가 여자애들 같은 수다로 가득 채워졌다. 우리가 다시 이렇게 모일 가능성은 아마 더는 없겠지만 이런 시간이 있어서 내 인생이 풍요로워진 것 같다.

다채로웠던 일정이 무리였을까. 긴 여정의 여파였을까.

마지막 일정인 번역가들과의 세미나를 마치고 감기 몸살에 걸려버렸다. 저녁 시간을 함께 보내려고 런던 근교에서 카미 선생님이 오셨는데 목소리가 전혀 나오지 않아 대화는커녕 삼십분도 함께하지 못했다.

카미 선생님은 케임브리지 대학 행사 때 통역을 맡아주셔서 알게 된 분인데 한번 본 사람을 귀하게 생각해주시는 게 감사해서 영국을 떠나기 전에 식사라도 대접해드리고 싶었다. 내가 일부러 청한 자리였건만 부실한 체력이 망쳐버렸다. 그분은 기껏 비용을 써가며 나를 만나러 와서는 베트남 쌀국수만 사주고 떠나셨다. 이런 결례를 범하다니. 두고두고 감사하고 죄송하다. 꼭 다시 만나고 싶은 분. 그런 기회가 다시 올까.

。

다시는 이런 고독을 겪지 않으리라.

그런데 그게 또 하고 싶어졌다.

내가 나를 들여다보는 시간이랄까.

알프스 하이킹

인스부르크 행은 느닷없이 결정된 이상한 일정이었다. 빈에서의 넉달 체류가 지루한 참에 인스부르크에 거주하는 한국 여성의 초대를 받고 순전히 그를 의지하고 나선 길. 정보도 계획도 없이 그저 기차를 탄 셈이었다.

빈에서의 문학 행사를 마치고, 나는 그가 마중 나온다는 날짜에 맞춰 기차를 탔다. 혼자서 가는 낯선 길. 처음에는 설레고 낭만적인 감상에도 빠졌다. 인스부르크는 오스트리아 쪽의 알프스인 만큼 차창 밖의 풍경이 너무나 아름다웠다.

문제는 마중 나온 사람이 주유를 잘못하면서 벌어졌다. 실수로 경유 차에 휘발유를 넣은 것이다. 당장 그날 저녁부터 기동력이 떨어졌고, 하필이면 주말이라 대체 차를 구하기도 어려웠고, 직원은 퇴근을 앞둔 상태라 이쪽이 아무리 급해도 일하기를 꺼렸다.

금요일부터 일요일. 인스부르크에서의 내 일정이 송두리째 꼬여버렸다. 마음을 졸였는지 나를 초대한 사람은 몸져누웠고 나 혼자 사흘 동안 인스부르크를 쏘다녀야 하는 상황이 됐다. 영어도 안 되고, 정보도 없는 막연한 상태.

민박 주인에게 지도를 얻어 꼬마 기차를 타고 시내로 내려갔다. 초대한 분이 나를 생각해서 티롤 지방의 아주 예쁜 집을 계약해주었는데 그것이 되레 이동에 어려움이 됐다. 그러나 겪어내는 수밖에. 가벼운 주머니에 시내 호텔로 갈 수도 없으니.

눈 가린 채 코끼리 다리를 더듬거리는 꼴이랄까. 여행을 한마디로 정리하자면 딱 그거였다. 민박집 주인이 구

름에 가려진 건너편 산봉우리를 가리키며 '멋진 곳'이라
고 해서 무작정 간 곳이 알프스 산자락이었다. 길도, 갈아
타는 버스도, 케이블카도 단번에 찾아내며 성공한 하루
여정.

혼자서 차를 마시고 혼자서 하이킹하고 정상에서 굴라
시도 주문해 먹고.

그곳에 혼자 온 사람은 나뿐이었다. 산자락에 방목되
는 소들이 풀을 뜯다가 나를 가만히 바라보는 일이 하이
킹 내내 이어졌다. 도대체 내가 지금 여기서 뭐 하나 싶
어서 어이가 없다가도 풍경이 너무 아름다워서 마음을
빼앗기곤 했다. 숙소에 돌아와서는 발코니에서 맥주를
마시며 해가 지는 풍경을 늦도록 바라보기도 했다. 참 쓸
쓸하면서도 웃음이 나는 여유로운 시간. 바쁘게 종종걸
음하며 다녀야 여행 같고 그래야 본전을 뽑는 것 같던 생
각에 제동이 걸리고 보니 오롯이 나를 마주하는 기분마
저 들었다.

마지막 날 기차를 타기 전에야 나를 초대한 사람이 나

타났다. 그는 전혀 미안해하지 않았다. 일부러 그랬던 건 아니지만 초대한 사람을 이틀이나 홀로 지내게 만든 사실이 내 상식으로는 미안할 만한 일 같은데. 어쨌거나 나는 알아서 잘 놀았다. 배짱도 좀 늘었고. 이런 어설프고 어이없는 경험을 언제 또 하겠나.

그는 자기 친구를 소개시켜주며 한국에 초대를 받아서 갈 수 있는 길이 무엇인지 궁금하다고 했다. 얼굴 마주하고 앉은 유일한 시간에 꺼낸 이야기치고는 다소 생뚱맞았다. 그 독일인 친구는 한국에서 이미 책을 몇권 출간한 작가라고 한다. 하지만 나는 그의 이름도, 작품에 대해서도 들어본 바가 없었다.

그는 독일에서 출간한 자신의 소설 이야기도 했다. 독일어로 나온 책이 한국에 알려지기를 바라는 듯했으나 그런 일에 나는 영양가 없는 사람이다. 초대해준 이에 대해서 알고 가는 게 예의라는 생각에 빈에서 책을 구해 조금 읽고 오기는 했다. 여러가지 문제로 다 읽지 못해서 딱히 그 얘기를 나누기도 어려웠다.

혹시 내가 초대된 이유가 이런 일 때문은 아니었을 거라고 믿는다. 나는 그런 면에서 어떤 도움도 주기 어려우니까. 돌아오는 내내 마음이 참 무거웠다. 이 여정에는 어떤 의미가 있었을까.

늘 서툰 사람이라서

스웨덴 레지던스. 10월 중순부터 1월 중순까지.

왜 하필 가장 추운 시기에 그곳엘 가느냐고 다들 한마디씩 했다.

나로서는 그저 쉴 시간이 필요했다. 칼 라르손의 그림처럼 눈 내리는 나라에서 겪는 겨울밤이 어떨지 궁금했다. 의무적으로 해야 할 일정도 있고, 작업에 필요한 취재도 해야 하지만 사실은 혼자만의 시간이 또 궁금해진 것이다.

2013년에 오스트리아, 2015년에 영국에서 이와 유사

한 프로그램에 참여하며 다짐했었다. 다시는 이런 고독을 겪지 않으리라. 그런데 그게 또 하고 싶어졌다. 내가 나를 들여다보는 시간이랄까.

일정이 정해지자 이 프로그램의 담당자가 부탁 하나를 얹어주었다. 스웨덴의 경우 이 행사를 대사관이 맡아서 하는데, 효율성을 위해 대학의 거점 프로그램이 되도록 대학 측에 제안을 해달라고. 홀가분하게 떠나려던 마음에 무거운 짐이 얹힌 셈이었으나 선발 작가로서 해야 할 일이라 이해했다. 안 그래도 두 차례 경험에서 작가 레지던스 프로그램에 아쉬움이 많은 터였다.

위원회의 부탁은 작가로서의 강연이나 취재가 부차적인 일로 여겨질 만큼 점점 더 부담스러워졌다. 대학 측이 거부하거나 불편해할 수도 있다는 생각이 들어서였다. 내가 그만한 깜냥을 가진 사람인가. 스스로 목적을 위해 최선을 다하는 일과 누군가의 부탁을 따르기 위한 결정은 감정선이 너무 달라서 나 같은 사람은 도무지 균형을 잡기가 어려웠다.

스톡홀름에 가서 열흘이 넘도록, 좋은 관계를 유지해오던 소냐 교수에게 선뜻 안부도 전하지 못했다. 내가 이 프로그램에 참여한 사실에 선입견을 가진 지인들에게도 이 문제는 함구하고 온 터였다.

강연을 앞두고 대사관 직원들과 대학 측이 모이는 자리가 마련되었다. 나는 조심스럽게 위원회의 의견부터 전했다. 며칠 뒤에 예정된 내 강연은 오롯이 내가 해결할 문제고, 그보다 앞서 이 프로그램의 효율성을 위해서 대학 측의 긍정적인 답변이 필요했다. 나는 오스트리아와 영국의 경험에서 얻은 소견이나 아쉬움을 차분히 전하며 교수들의 답변을 기다렸다.

다행스럽게도 대학 측은 호의적이었다. 한국에서 온 작가들과 여러 차례 문학 행사를 하면서 겪은 문제점을 지적하는가 하면 학사 일정까지 언급하며 적극적으로 이 프로그램에 발전적인 의지를 보였다. 늦은 밤. 위원회의 담당자에게 보고서 비슷한 메일을 보내고 이 문제를 털어냈다.

그날 혼자 돌아오는 밤길이 어찌나 여유롭던지. 오쇠가탄의 아파트 골목이 서울 아파트 골목처럼 편안했다.

여유로운 감정은 길게 가지 못했다. 이 낯선 나라에서 오만방자하게 감정의 끈을 풀었느냐는 듯 예상 밖의 일이 벌어졌다. 소냐 교수가 강연 주제를 『마당을 나온 암탉』이 아니라 『푸른 개 장발』로 바꿔버린 것이다. 행사에 임박해서 강연 내용이 달라지면 당황할 수밖에 없는 노릇이었다.

스톡홀름 대학 강연은 이번이 세번째였다. 이미 첫 책으로 강연을 두 차례 했으니 새로 번역된 작품으로 행사를 하면 좋겠다는 말씀이었다. 당연한 제안인데 문제는 내가 원작을 가져오지 않았다는 사실. 왜 이 생각을 미처 못했을까. 책이 번역돼 있으니 서점에서 구하면 된다고 생각했다. 내가 스웨덴 학생들에게 한국어로 낭송하고 그 부분을 스웨덴어로 확인해가며 진행하겠다는 게 교수의 계획이었다.

책을 공수받기에는 시간이 너무 촉박했다. 전에 스톡홀

름 국제도서관에 책을 기증한 적이 있어서 알아보니 이 책은 목록에 없었다. 잠을 설치다가 남편에게 도움을 청했다. 원작의 몇 장면을 설명해주고 남편은 그 부분을 스캔하여 보내주었다. 남편이 있어서 얼마나 다행인지! 자료를 편집하여 교수에게 보내고 무사히 행사를 마칠 때까지 나는 긴장할 수밖에 없었다. 인터넷의 위력에 감탄하고 감사하면서.

돌아오는 길에 동네 서점에 들러 내 책을 찾아보았다. 소설 코너. 두툼한 소설 틈에 『푸른 개 장발』이 꽂혀 있었다. 책을 빼내자 직원이 웃으며 알아들을 수도 없는 설명을 한다. 나는 내 사진이 실려 있는 부분을 펴서 보여주며 이게 나라고 말해주었다. 그가 놀라며 또 뭐라고 알아들을 수도 없는 말을 하더니 서명을 해달란다. 내 이름을 한글로 커다랗게 남겨주었다.

돌아오는 길이 또 편안했다. 어쩌자고 이 타지에서. 정신 차리자. 긴장감을 자주 놓치는 이 느긋한 감각, 버릇되겠다.

。

나는 유배를 끝내고
나의 세상으로 돌아왔다.
조급하지 않다.
지금 충분하니까.

동화에는 마법의 힘이 있는 것 같다

『주문에 걸린 마을』 보완 작업을 위해 내일 하멜른으로 출발해야 한다. 그러니 오늘 안으로 출판사에서 보낸 소포가 와야만 했다. 그러나 결국 오지 않았다.

두번째 소포 실종.

첫번째 소포가 오스트리아가 아닌 오스트레일리아로 갔다는 사실을 서울의 편집자가 확인했다. 두번째 소포의 행방은 아직 알 수 없다.

내가 이미 받았어야 할 시점. 내가 그것을 받으면 안 될 모종의 음모가 있는 게 아닐까 싶을 만큼 이상한 노릇이었다. 처음에 주소가 잘못 입력되어 엉뚱한 곳으로 날아갔기에 편집자는 소포를 보내며 재차 확인을 분명히 했다고 했다. 우체국 국제우편은 배송 조회가 가능한 시스템이다. 그러나 '발송 중' 단계에서 먹통이 되었고 도무지 확인이 어렵다고 편집자가 안절부절못했다.

날짜를 미룰 수는 없었다. 변경 불가의 저가 항공을 예약한 데다 독일에서 기다리는 코디가 취재 일정이며 도서관 사서 인터뷰를 다 세팅해놓은 상황이라.

보완 작업에 필요한 자료를 받지 못해 머리가 텅 빈 상태로 출발했다. 이제부터 부딪히는 상황을 십분 활용해서 작품을 구상해야 할 판이었다.

이것도 재미있겠지. 마음을 비우고 기분을 바꿔보려 노력했으나 나도 모르게 한숨이 나왔다. 두번째 소포는 대체 어찌된 걸까. 이 아까운 비용과 기회를 어쩌라고. 이런 상태로 숙제를 어떻게 해결하라고.

일이 정말 꼬이려나. 짐을 찾아서 나왔건만 하노버 공항에서 나를 기다려야 할 코디가 보이지 않았다. 나는 그를 모른다. 그에게 연락할 방법도 모른다. 출판사에서 섭외한 현지 코디라서 그가 나를 알아봐야만 했다. 입국장이 텅 비고 혼자만 남게 됐을 때 나는 보이지 않는 손의 장난을 믿을 수밖에 없었다.

문득 오늘이 맞는지 의심스러웠다. 코디가 가짜일 수도 있다는 의심까지 들었다. 혹시 다른 사람을 나로 착각했나. 별의별 생각이 다 들었다.

자, 생각을 하자. 상황을 해결해보자.

우선 인터넷을 연결해서 메일을 열었다. 공중전화 사용이 미숙해서 동전 몇개를 강탈당하고 인포메이션 센터의 도움을 받았다. 실낱같은 희망이란 이런 거겠지. 본 적도 없는 그의 목소리가 이렇게 반갑다니. 그는 삼십분쯤 늦을 거라고 했다. 삼분도 아니고 삼십분. 나는 조각 케이크를 사 먹으며 그를 기다렸다.

늦을 수밖에 없는 그의 설명도 참 이상했다. 기차에서 쫓겨났다니. 이건 또 뭔 장난이람. 성인 여성이 기차에서 쫓겨나는 장면을 상상하니 우습기도 했다. 두 사람이 온

종일 이용하는 니더작센 티켓을 끊었는데 그게 9시부터 이용 가능한 티켓인 줄 모르고 8시 30분에 기차를 타서 생긴 문제란다. 덕분에 우리는 처음 만나는 순간 웃어버렸고 이내 친구처럼 잘 어울렸다.

출판사 편집자에게 받지 못한 자료의 정보를 나는 코디와의 대화 혹은 현장 스케치, 사서가 제공하는 정보를 통해 웬만큼 얻을 수 있었다. 코디는 나보다 하멜른 지역이나 「피리 부는 사나이」 「브레멘 음악대」에 대해 애정이 많고 남다른 이해를 가진 사람이었다. 나는 주로 그의 이야기를 경청했고 그를 통해 내 원고의 큰 틀을 잡기도 했다.

"「브레멘 음악대」의 동물들은 브레멘에 가지 않았죠. 이상향 같던 브레멘이 아니라, 도둑의 집을 차지하고 행복하게 살았어요. 난 그게 꼭 내 이야기 같아요. 실패하더라도 행복해질 수 있다는 위안을 거기서 받았거든요."

코디의 이야기가 가슴 깊은 데를 건드렸다. 내가 참 귀한 사람을 만났구나. 어쩌면 소포가 두번이나 실종된 게 이런 이유 때문인지도 모르겠다.

낯설게 마주하고 전에 없던 상상을 하라.

이상한 일은 계속 벌어졌다. 멀쩡하던 코디의 선글라스 다리가 부러졌고, 그의 휴대전화에 문제가 생겼고, 브레멘 도서관의 사서와 인터뷰하는 장면을 찍은 사진은 죄다 사라졌고, 하멜른에서는 내 카메라가 작동을 멈춰버렸다.

생각지도 못한 신문사 인터뷰 요청을 받기도 했다. 하멜른 지역 신문사에서 한국에서 온 작가를 취재하려고 기다렸다는 것이다. 이 사실은 코디도 모르고 있었다. 하멜른 인포메이션 센터에서 연락을 한 것 같다는 게 코디의 추측이었다.

어리둥절한 상태로 인터뷰를 하고 괴상한 옷차림의 '피리 부는 사나이'를 따라다녔다. 그는 동화에서 빠져나온 사람처럼 피리를 불며 사람들을 이끌었고 골목골목 다니며 큰 소리로 아이들을 불러냈다. 우리는 신나고 즐거웠다. 모르는 사람들끼리 마주보고 소리를 지르며 웃었다. 모두 아이가 되었다.

여기로 올 때만 해도 머리가 지끈거렸다. 누군가를 의

심하고 전전긍긍 나 자신을 들볶았다. 그런데 이거 너무나 즐겁지 않은가. 정적인 취재를 상상하던 나로서는 너무나 놀라운 경험이었다. 피리 부는 사나이와 나란히 지역 신문에 실릴 줄이야!

취재가 끝났을 때 코디가 말했다.

"동화에는 마법의 힘이 있는 것 같아요."

그랬구나. 내가 알아야 할 것들은 다 여기에 있었구나. 소포의 실종에도 다 이유가 있었구나. 인생 참 재미있다!

황선미

충남 홍성에서 태어나 경기도 평택에서 자랐다. 서울예술대학교 문예창작과에서 학생들을 가르치고 있다. 1995년 단편 「구슬아, 구슬아」, 중편 「마음에 심는 꽃」으로 작품 활동을 시작한 이래, 『마당을 나온 암탉』『나쁜 어린이 표』『샘마을 몽당깨비』 등의 동화를 펴냈다. 대표작 『마당을 나온 암탉』은 한국 창작동화 첫 밀리언셀러를 기록하고, 영화화되어 한국 애니메이션 역사상 최다 관객인 220만명을 동원했다. 2014년에는 영어로 번역되어 한국 작품 최초로 영국 서점 베스트셀러 1위에 올랐으며, 작가는 같은 해 런던 도서전에서 '오늘의 작가'(Author of the Day)로 선정되는 등 세계에서 널리 사랑받고 있다.

익숙한 길의 왼쪽

초판 1쇄 발행 2019년 3월 6일

지은이 황선미 사진 황선미
펴낸이 강일우 본부장 박신규
책임편집 박은희 이하나
디자인 송윤형

펴낸곳 ㈜미디어창비
등록 2009년 5월 14일
주소 04004 서울 마포구 월드컵로12길 7 창비서교빌딩
전화 02) 6949-0966 팩시밀리 0505-995-4000
홈페이지 www.mediachangbi.com 대표메일 mcb@changbi.com

ⓒ 황선미 2019
ISBN 979-11-89280-22-2 03810

ⓒ Janet at the Window, 1993 (oil on canvas), Schwartz, Daniel Bennett (Contemporary Artist)
/Private Collection /Lahr & Partners for Daniel B Schwartz /Bridgeman Images

• 이 책 내용의 전부 또는 일부를 재사용하려면
  반드시 저작권자와 창비 양측의 동의를 받아야 합니다.
• 책값은 뒤표지에 표시되어 있습니다.